colección **la otra orilla**

Trilogía de Entre Ríos

PERLA SUEZ

TRILOGÍA DE ENTRE RÍOS

Letargo
El arresto
Complot

Prólogo de Guillermo Saccomano

GRUPO
EDITORIAL
norma

Buenos Aires, Bogotá, Barcelona, Caracas, Guatemala,
Lima, México, Miami, Panamá, Quito, San José, San Juan,
Santiago de Chile, Santo Domingo

www.norma.com

Suez, Perla
 Trilogía de Entre Ríos. - 1ª. ed.- Buenos Aires :
 Grupo Editorial Norma, 2006.
 v. 1, 280 p. ; 21x14 cm. (La otra orilla)

 ISBN 987-545-348-X

 1. Literatura Argentina. I. Título
 CDD A860

©2000, 2001, 2004 y 2006. Perla Suez
©2006. De esta edición
Grupo Editorial Norma
San José 831 (C1076AAQ) Buenos Aires
República Argentina
Empresa adherida a la Cámara Argentina de Publicaciones
Diseño de tapa: Magali Canale
Fotografía de tapa: Archivo Kapelusz
Impreso en la Argentina
Printed in Argentina

Primera edición: febrero de 2006

CC: 22133
ISBN: 987-545-348-X
Prohibida la reproducción total o parcial por
cualquier medio sin permiso escrito de la editorial

Hecho el depósito que marca la ley 11.723
Libro de edición argentina

Índice

Tzures, *por Guillermo Saccomanno* — 9

Letargo — 13
    Cuaderno 1 — 23
    Cuaderno 2 — 33
    Cuaderno 3 — 43
    Cuaderno 4 — 59
    Cuaderno 5 — 69
    Cuaderno 6 — 77
    Cuaderno 7 — 89

El arresto — 103
    En la arrocera — 109
    Libro primero. *Vera* — 117
    Libro segundo. *Né Dio né Padrone* — 145
    Ni antes ni después — 177

Complot — 185
    I. 24 de mayo de 1932 — 191
    II. Año 1900 — 197
    III. Año 1930 — 211

IV. Mi padre	221
V. Recuerdo	227
VI. Mi padre y yo	237
VII. Había llovido	243
VIII. Era	251
IX. Junto al muelle	257
X. Con nadie	263
XI. Después	269
XII. 24 de mayo de 1932	273

Tzures

Hay una palabra judía que viene a propósito de las nouvelles de Perla Suez: *tzures*. Cuando Déborah, en *Letargo* le pregunta el significado a su abuela, ella le contesta: "*Tzures* son *tzures*". Más tarde Déborah recordará: "Había algo cruel dentro de esa palabra". Sin traducir, ella sospecha que ahí, en esa palabra hay *algo* y ese algo es *cruel*. La sospecha sabe traducir. Esa sospecha, el acto de sospechar, constituye, ni más ni menos, una moral de la escritura: sospechar de la palabra. Porque en la sospecha hay un saber. Así como la paranoia siempre tiene algo de razón: Kafka, el mejor ejemplo.

Se estima que cuando uno empieza a escribir una narración parte de un saber tanto vital como de lectura. Pero basta internarse en la escritura para advertir que es más lo que se ignora que aquello que se supone conocer. Por eso los buenos relatos no son aquellos que dan respuestas sino los que abren interrogantes sobre la historia privada y la pública, la complicada red que conecta el infierno personal con el colectivo. Compartir un enigma conflictúa. Es que un escritor debe sospechar de la facilidad del lenguaje, de su propio adiestramiento y de la materia con que trabaja, el lenguaje, su dúctil y engañosa maleabilidad. Suez ha demostrado con tres novelas cortas, o tres cuentos largos, que desconfía de la palabra "literaria" como tierra prometida. Igual que sus antepasados aprendieron a desconfiar de la Argentina como tierra prometida. Es en este punto donde su escritura se arraiga en lo poético y descarta las comodidades del realismo y de la novela histórica. La Duras sostenía que la palabra está antes que la sintaxis. Esa palabra, la materia, sustantiva, no es una cosa inerte y, cuando se la articula, puede trampear. Las mismas palabras que sirven para ocultar sirven para revelar. Depende de su articulación. La palabra del padre se propone como sagrada. Es la ley. Pero Suez recela de esta ley, del mandato. Y en sus narraciones, al explorar la iniciación, con la inocencia perdida, a esa palabra sagrada le opone documentos que intervienen irritando lo ficcional, documentos que funcionan a la vez como disparadores complementarios, probando que hay una verdad más allá de la sospecha ficcional, aunque formen parte de ésta. Es decir, el discurso literario se sostiene en la medida en que puede confrontarse con estos documentos, trátese de fotos de familia, un legajo policial, una página en *iddish* de un libro de rezos, una escritura de tierras, un envío de ganado. La incorporación de estos documentos cuestionan y a la vez afirman la potencia sugestiva de las narraciones de Suez. Que comprenden tanto lo confesional como la denuncia, la revisión histórica como el alegato.

Si hay una cuestión, a mi criterio esencial, que en esta trilogía no se puede soslayar, es la enrevesada inserción judía en nuestro país y en su literatura. Para los judíos, escribe Suez, en estos tiempos de inmigración, es tan importante el libro como el arado. Pero los absolutos también merecen ser puestos en tela de juicio. En *El arresto*, Lucien lee: "I) Libros y putas pueden ser llevados a la cama. II) Libros y putas hacen pasar bien el tiempo. Dominan la noche como el día y el día como la noche. III) Libros y putas: nadie entiende que para ellos los minutos son preciosos". Descubrir estas ironías sapienciales produce a Lucien temor y temblor. Volviendo: la inserción judía en la Argentina ha sido y es en nuestra literatura una zona álgida donde se alternan la segregación y el rescate. El recorrido, en trazo grueso, abarca desde la cacería racial que organiza la cajetilla Liga Patriótica, pasando por el Gerchunoff pastoril de la integración publicado por *La Nación*, el folletinista nazi Martínez Zuviría, los versos de prostitución de César Tiempo y, arrimando al presente, antes y después del atentado a la AMIA, las novelas familiares de Alicia Steimberg y Ana María Shua, y la poesía de Gelman. En efecto, esta lista es incompleta. Pero permite rastrear de forma sutil un entramado de fobias de clase que son, ni más ni menos, signos de una historia que resume una idea de Martínez Estrada que Suez emplea como acápite en *Complot*: "En el origen de la tragedia argentina hay una gota de sangre y una de semen, producto de la violación fundante".

GUILLERMO SACCOMANNO

Letargo

A Roberto

...Sólo quiero pedirle una cosa, y una cosa que no le cueste nada: el relato de su vida...

GIOVANNI PAPINI

Lete: uno de los ríos del Averno, de curso muy lento, por cuyas orillas erraban las almas, obligadas a beber de sus aguas, que les hacían olvidar el pasado.

De la mitología griega

| Cuaderno 1 |

El ruido de voces lejanas sube turbio: dos mujeres discuten en medio de la calle y no sé qué dicen. En la vereda estoy yo, parada en un pie, sobre el número tres, que acabo de dibujar con un pedazo de ladrillo. Es viernes, porque veo a la *bobe* en el momento en que cubre su cabeza con un pañuelo, y tapa sus ojos con las manos y dice la *Oración de las Velas*.

Papá, que no cree en Dios, arregla el picaporte de la ventana de la salita, y mamá teje una manta celeste y yo miro cómo ensarta la lana en la aguja, los dedos moviéndose solos y los ojos sobre nosotros.

La luz es escasa y las gotas de lluvia crepitan sobre el techo de zinc de la galería. La casa se llueve y en mi pieza hay una gotera y el agua cae a los pies de mi cama. Escucho a la *bobe* que pone palanganas por todas partes.

Después, la *bobe* me está enseñando a bordar sobre seda con bastidor y de realce.

La niña retiene el aliento cuando piensa en su padre, cuando cree verlo de nuevo hundirse en el sillón de mimbre, las piernas largas entrelazadas, y esperando que la madre le diga, *Merke, la comida se enfría*. La niña ve que su madre está sentada en la mesa y que suspira, con la panza que le desborda. Cuenta los cuchillos, los tenedores y la *bobe* pregunta por qué los cuenta. Ella dice que no sabe.

La *bobe* calla y papá se pone la servilleta en el cuello, moja un trozo de pan en el jugo del *gefilte fish* y tampoco dice nada. La *bobe* cierra la tienda y comemos. Mamá me mira como a través de un vidrio opaco.

La casa está en silencio. Pero el silencio crece cada vez que el viento deja de azotar la ventana, y la niña, la nariz pegada al vidrio, oye golpear las gotas de lluvia en el alero de zinc de la galería.

Esa mañana cuando entré, la *bobe* tenía todo limpio y la mesa puesta. Oí a papá,

—*Lete* rompió bolsa.

Y se frotaba las manos contra las piernas sin saber qué hacer. Papá era flaco y alto, y para atravesar el vano de la puerta debía agachar la cabeza. Sus ojos eran tristes y las manos le sobraban: no siempre acertaba a ponerlas en los bolsillos de su saco. Andaba detrás de la *bobe*, hasta que ella decía,

—No me siga, *Merke*.

Por primera vez, tomé el desayuno sin que la *bobe* me llenara el tazón. La *bobe* hablaba con papá en *iddish*, un largo y febril murmullo. Me dijo, presa de una nerviosidad que yo no le conocía,

—No quiero verte por el cuarto de tu madre.

—Entrará sólo un momento —dijo papá.

–No entrarás. Tu mamá no puede tener emociones.
Luego, ella agregó con un suspiro,
–... la cigüeña va a entrar por la banderola.

Papá me dijo al oído que procurara no poner a la *bobe* más nerviosa de lo que estaba. Salí de casa y me fui sin rumbo. Caminé una hora, o más, pasé las vías del tren, atravesé el molinete y, de repente apareció un hombre, allí, que tenía puesto un impermeable, y pude ver su cara. Después vi al ternero de *Leibe*, y vi cuando el hombre que lo compró lo subió a la camioneta y la camioneta se alejó levantando una nube de polvo.

Entré a la cocina y escuché que la *bobe* le decía a papá que para traer hijos había que tener plata, y que papá dijo,

–*Kishen tujes.*

Y se quedó allí, como una sombra, junto a la ventana de la sala con el cigarrillo en la boca. Apenas distingo su cara, con una barba de tres días y, sin embargo, estoy segura de que papá es papá, y de que está allí, inmóvil, en aquel día somnoliento, junto a la ventana, contemplando el vacío. Afuera está oscuro y hasta que aclare, seré esa niña que camina en la niebla.

De la *bobe* aprendo algunas de sus mañas. No gasta, porque necesita estar segura de que tiene dinero y que lo que tiene está guardado en un lugar seguro, que sólo ella conoce. El día en que fui con ella al bazar de Frenkel regateó el precio de un salero, y, como no pudo conseguir una rebaja, salió del bazar quejándose del mal trato, y me dijo que ese salero que había elegido era el más miserable que había visto. Pero en su tienda las cosas tenían un precio inamovible y cuando alguien, como tía Berta, le pedía un descuento, con una mirada de sufrimiento, decía,

—No es que no quiera, hija, no puedo.

Y volvía a contarle del casamiento de mamá. Decía que lamentaba que tía Berta no hubiese asistido al casamiento, como para que tía Berta suspirara. Le daba detalles del traje de guipur que mamá llevaba esa noche y solamente interrumpía la conversación para ofrecerle una taza de té. La *bobe* conseguía envolver a tía Berta en su relato. Por momentos se ponía generosa y le decía a tía Berta que Dios la iba recompensar por pensar en mamá como pensaba, y tía Berta la escuchaba, complaciente. En su relato, mamá era una reina y cuando la *bobe* le decía que mamá amó a papá en cuanto lo vio, parecía envuelta en un sueño intenso, y tía Berta suspiraba.

En verdad, las cosas no fueron como la *bobe* lo deseó; pero era una cuestión de dignidad decir que su hija se había casado bien, y se las ingeniaba para que tía Berta se quedara escuchándola.

La niña está intacta por dentro, aunque ahora no recuerde todo lo que quiere recordar. Pero, para eso, tendrá que recurrir a cada imagen, a cada sabor, a cada sensación táctil, a lo más pequeño de lo más pequeño que quedó incrustado en su carne.

Mamá tenía puesto un salto de cama y estaba inclinada sobre mí y yo iba a dormirme, pero antes quería que me contara otra vez cómo se perdía el patito feo. Y mamá volvía sobre el pato que buscaba a su madre por todas partes, y hacía hincapié en el hecho de que ninguno de los animales que rodeaban al patito feo se apiadaba de él. Y recuerdo que me aferraba a la mano de mamá y me resistía a quedarme dormida, hasta que el pato llegara a la casa, al final del bosque donde lo esperaba su madre.

Papá me pregunta si quiero un hermano o una hermana, y yo le digo que no sé. La *bobe* le dice a papá que se apure y que traiga a *Sheine Malke*.

La niña escucha todavía a la *bobe*,
—...hágame caso, no vaya con ese pantalón.
La niña pide al padre que la lleve con él. El padre le dice que no. Y ella lo mira por la ventana, cuando él cruza con la estanciera el paso a nivel y, tras esa imagen, le parece escuchar el tintineo de la campanilla del guardabarreras.
Cuando se pone los zapatos piensa en su madre. Vuelve a pedir a la *bobe* que la deje entrar, pero la *bobe* dice,
—¿Comiste los *knishes* que te dejé?
La niña calla. La *bobe* la agarra por el brazo,
—Te vas a tu pieza.
Me encerré en el cuarto y miré por la ventana, y me alegré de haber tirado los *knishes* a los gansos: la tarde caía y empezaba a llover. No sé cuánto tiempo estuve así, mirando la calle desierta. No sé cuánto tiempo estuvo esa niña detrás de una ventana, quieta, mirando la lluvia que caía silenciosa, sobre la tierra.
Escuché a la *bobe* caminar por la tienda, y la niña escuchó también el ruido que hizo la cortina metálica al bajar,

y, cuando se abrió la puerta, vio a la *bobe* que la aplastaba con su mirada.

Nunca había estado así, como aquella tarde en que nació su hermano: hacía frío, y una cosa en el estómago no la dejaba respirar. Ése era su cuarto: la cama de bronce, y el ropero con la luna y, en una silla, la muñeca de estopa que su madre le había hecho.
La *bobe* vuelve y dice que le da permiso para ir a lo de León. La niña oye los quejidos de su madre y la imagina tendida en un charco de sangre.
Papá entró pálido, envuelto en su chalina y dijo que *Sheine Malke* estaba atendiendo otro parto, pero que luego vendría. Y dijo que había que llevar a mamá al hospital. La *bobe* dijo que había que esperar a *Sheine Malke*,
—Y si no llega, yo me encargo —agregó.
La niña ve a la *bobe* lavarse las manos, romper en jirones una sábana, pasar la tijera por la llama de la cocina y llevar un fuentón con agua al cuarto, callada y dura. No le interesa su hermano, sólo ve a su madre en un charco de sangre.
Mamá gritó,
—¡*Sheine Malke*, ayúdeme!
—¡Traiga otra toalla, *Merke*! —ordenó la *bobe*.
Y yo pensé que mamá iba a morir.
La luz de la araña en el techo está recubierta con un tul, porque las moscas, dice la *bobe*, ensucian los caireles. Escucho, en algún momento, antes de que mi hermano nazca, a papá y a la *bobe* hablar en *iddish*, y yo me pregunto si eso que hablan tiene que ver no sólo con lo que no sé, sino también con lo que no debo saber.
La *bobe* me decía que no quitara los ojos de la banderola. Y puedo verme, turbada por la idea de un ave de pico

largo que viene del mar, trayendo a mi hermano, y yo inclinada sobre *Leibe* y tirando de las patas del ternero que puja por salir del agujero sanguinolento que la vaca tiene entre las piernas traseras.

La niña duerme abrazada a la muñeca de estopa y sueña que alguien le dice que se apure. De pronto escucha un grito. La *bobe* grita,
—¡Es un varón!
El llanto de mi hermano aún resuena en mis oídos, interminable. Corrí bajo el agua, calle abajo y sin detenerme, hasta el maizal y me encerré entre sus hojas filosas. Tal vez me dormí.

Regresé a casa y me detuve en una esquina y hundí los pies en el barro blando. Un relámpago iluminó la calle, y el viento hizo bailotear el foco del alumbrado.

La niña entra a la casa y ve a su madre y ya no tiene miedo de que se muera.

Ve que los pechos de su madre están hinchados y la escucha decir que le duelen.

Mamá abre el cajón de la mesa de luz y saca una pastilla, y yo le alcanzo un vaso con agua y digo,
—Una mitad solamente...
—Me gusta que me cuides —dice, una luz pálida y lejana en los ojos casi violeta.

Es tan fuerte su mirada que en algún momento la esquivo. Ahora camina por la pieza y mi hermano duerme, y papá no está con ella. Le llevo té y pongo dos terrones de azúcar en la taza y ella sonríe.

Después, entra papá: viene de la tienda de la *bobe* que está separada de casa por una puerta y escucho que dice a mamá, levantando la voz,
—La circuncisión la hará el doctor Yarcho, en el hospital.

–¡Si no la hace el rabino, siempre será un *goy*! –contestó la *bobe*.
–¡No me diga...! –agregó papá.
Y enseguida mamá dice que se le parte la cabeza.
Papá dijo,
–Está bien, *Lete*, está bien...
Y el padre sale al patio y la niña lo acompaña. El padre le pide que lo deje solo, pero ella no se mueve de su lado. Acaricia sus manos y él deja que su niña se las acaricie, aunque tiembla. Después, unas gotas gruesas golpearon contra el techo de zinc de la galería y él dijo que entráramos.

El *bris* se hizo como quiso la *bobe*.

La niña se desliza entre la gente, y oye el llanto de su hermano. Cuando está cerca escucha un ruido de metal golpeando sobre la cubeta: todo ha terminado. Su padre lagrimea y la gente festeja, y la niña piensa en la suerte que tuvo de haber nacido mujer, aunque calle cuando quiere hablar y escuche lo que una niña no debe escuchar.

Cuaderno 2

La niña ve a su madre con los ojos llorosos: tiene al hijo prendido a la teta.
Papá le dice,
–Dejá ya de darle de mamar.
Pero la *bobe* interviene, con la cara encendida,
–Usted no le va a enseñar a una madre cómo hay que criar a un hijo...
La niña ve que su madre, allí, sentada en la salita, entre los muebles que le son familiares, mira fijamente una hoja de papel de carta. La niña le pregunta a quién le va a escribir. La madre levanta los ojos y no contesta. Hay una luz que enceguece, que llega más allá de donde se puede mirar.
Más tarde, escucho decir a mamá que tiene un nudo en la garganta, y a papá que le repite que no la quiere ver así, y la voz le tiembla cuando dice,
–Acordate de lo que te digo, la leche de vaca lo va a poner fuerte.
Esa noche, la niña sueña que atraviesa silenciosos pasillos y llega donde hay una plaza blanca, y en esa plaza

están sus padres. Hay sol y hay niebla. La niña ve que la madre está cubriendo el landó de su hermano con una tela casi invisible y que el niño llora, allí adentro. La niña grita que esa tela es una tela de araña, y grita que se la quiten, pero la madre ríe tontamente.

Cuando desperté, escuché a papá que murmuraba,
–Ya sé que para tu madre no valgo nada.
Y mamá que lloraba y que decía, *basta, basta...*

Lo que sucedió después, todavía sucede dentro de mí.

El padre lleva la contabilidad de la tienda de la *bobe* y muchas veces se queda hasta tarde en la noche.

Era difícil que la *bobe* le encontrara un error, porque papá era puntilloso. La *bobe* lo controla a la hora que vuelve.

A papá le gustaba la política y era la única actividad que hacía con gusto. Cuando tenía una reunión se retiraba temprano de la tienda, y eso irritaba a la *bobe*,
–¿Otra vez se va?
La niña va tras el padre. Él se detiene, la mira largo rato, y le dice, suavemente, que se vuelva. Es una niña que ha dejado de serlo, y sin embargo, se aferra a él, lo retiene del brazo. Él dice algo y se va. La niña ni siquiera escucha los pasos del padre en la vereda, que se aleja. La luz es insuficiente; la cara de la niña se esfuma.

La niña mira por la ventana, la noche cerrada, y escucha la furia del viento que golpea las celosías.

El padre regresa y se sienta al lado de su mujer. Le dice, en un murmullo, que se ha afiliado al Partido. Ella sin

mirarlo, le pregunta si lo ha pensado bien. El padre enciende un cigarrillo y dice que todo es tan injusto... Y luego, habla de los males del mundo, y dice que todos los males provienen de la propiedad privada. Y habla de Marx y de Lenin.
La *bobe* siempre escucha.

La niña se estremece cuando la *bobe* le dice a su padre que no va a mantener en su negocio a un comunista, y cuando él le contesta que se considera despedido.
El padre sale y dice a la niña,
–Mi niña, mejor será que vayamos a tomar un helado.
–¿Por qué la *bobe* dice que usted es raro?
El padre le sonríe y calla, y la niña susurra,
–Papá, no quiero que peleen.
El padre la alza con sus brazos flacos,
–Mi niña... –dice, y le besa las mejillas.

Papá consiguió trabajo en el Banco de Entre Ríos, y la *bobe* contrató a un tenedor de libros. Mamá entraba a la tienda solamente para buscar algún retazo o para agradecer a un cliente las verduras, o los huevos de gallina que le habían regalado.

A la *bobe* le daba vergüenza que la gente dijera que su yerno era comunista.
La *bobe* había conocido el régimen del zar, los terrores del pogrom, y era una mujer que sólo temía a Dios, y sin embargo, según decía papá, pensaba como los ricos. Ella, la *bobe*, a quien nunca le sobraba un peso.

Tía Berta era la mejor amiga que tenía mamá. Era la única de sus amigas de la escuela a la que mamá no había olvidado. Ellas se separaron cuando tía Berta se mudó con su familia a Nogoyá. Retomaron el contacto antes de que naciera mi hermano y, desde entonces, tía Berta venía siempre a casa, tomaba mate con mamá y recordaban los años de la escuela.
Una mañana tía Berta dijo a la *bobe* que veía a mamá triste. La *bobe* dijo que no exagerara. Cuando tía Berta se fue, la *bobe* entró a la cocina y se puso a picar cebolla de modo frenético.
La *bobe* me dijo, y fue como si escupiera las palabras,
–Además de solterona, fea y gorda, ésa también es comunista.

Una tarde papá regresó del banco más temprano y mamá le pidió,
–*Merke*, llevame al *Astral*.
–¿Qué dan? –preguntó.
–*La cita*.
Cuando volvieron a casa, mamá dijo con fastidio que papá se había dormido en la butaca.
A veces su madre se conforma con dar una vuelta a la manzana, *con tal de tomar aire fresco*, dice. De vez en cuando va con la tía Berta a la plaza y llevan a la niña. Al frente, hay un muro y a ella le gusta treparlo, como si fuera un equilibrista que camina por la cuerda floja.

Trilogía de Entre Ríos

Los domingos llevaban a la *bobe* al cementerio. Una mañana, cuando ellos se fueron, León me invitó a cazar perdices. Sus padres no estaban y León trajo la escopeta del padre, y la cargó con perdigones, y nos internamos en el campo. La niña ve una perdiz y le avisa a León, y corre cuando él gatilla. La perdigonada la hiere en la rodilla izquierda. La niña piensa, entonces, que va a morir. Un hombre que cruza por allí con su camioneta la lleva al hospital zonal. El doctor la venda, no deja de mirarla, y dice que el balín apenas rozó la rodilla.

De todas las cosas que encontré en la casa donde viví mi infancia hay una que no olvido: la carta que escribió a la *bobe* un tío de ella. El tío vivía en Buenos Aires. Estaba escrita en *iddish*, de derecha a izquierda, de oriente a occidente corrían las palabras, como un murmullo de tinta que la *bobe* leía en voz alta, con innegable placer.

Una tarde un León adulto me dijo,
—¿Y por qué no hacés algo con todo eso?
Recuerdo a la *bobe* leyendo, en mi lugar, la carta de su tío y tiemblo. Como si ocurriera hoy. Aquellas letras ondean otra vez sobre la hoja que sostengo entre mis manos. Como si las letras fueran un ejército desplegado, sobre la hoja blanca, hasta donde alcanza la vista. Como si fueran soldados de Alekandr Kerenski, allí, en la línea del horizonte.

Me despertaron pasos que iban y venían, y enseguida gritos.

Escuché al doctor Yarcho que decía que mi hermano había muerto durante el sueño.
Dijo,
–Muerte blanca.
Papá también dijo *muerte blanca,* la voz quebrada, seca. Mi hermano estaba en la cuna. Lo habían tapado, pero la *bobe* le descubrió la cara para que yo me despidiera.
Era la primera vez que veía a un muerto. Miré a papá y miré a mamá que parecía perdida. Y miré a la *bobe* que repetía, llorando,
–*Mein kind,* con esas mejillas de manzana...
No podía olvidar, cuando mi hermano chupaba la teta y cuando perdía el pezón, y lo buscaba con codicia. Me digo que la muerte de mi hermano pudo pasar ayer. Me digo que esa muerte puede pasar todavía.

Dejamos el pueblo cubierto de bruma. El camino era negro y barroso. Al regresar a casa miré mi pieza, y no era la misma. Esa noche y muchas noches más, soñé que mi hermano estiraba los brazos para que yo lo alzara.
 La niña escucha decir a su madre que se le nubla la vista y que si intenta levantarse, se marea.
 Le digo, *mamá son las cinco de la tarde,* y la despierto. La ayudo a llegar al sillón, aunque ella prefiere la cama. No deja que abramos los postigones. Dice, *solamente la luz del velador,* y dice también, que prefiere estar en la oscuridad. Me siento a su lado. Mamá observa a su alrededor y me mira.
 La fragancia del dulce de rosas sube en el momento en que la madre hunde los pétalos en el almíbar. Entra el

perfume y se va por la garganta de la niña hasta entrañarse en su cuerpo.
Es curioso, pero esta mañana cuando pensaba en mamá, mamá tenía aspecto de una mujer sana que paseaba con su familia. Hurgo en los bolsillos del batón floreado que ella lleva puesto. Y somos como la última foto de la familia: papá llevando en brazos a mi hermano, y yo de la mano de mamá.

Antes de que el hijo nazca, la madre llora por cualquier cosa y después que él muere, deja de llorar. Y aunque el doctor Yarcho dijo que mejoraría, yo la vi entrar en un sitio donde, acaso, no se es nadie. Se sentaba entre los almohadones de plumas de ganso y apenas abría los ojos y se quejaba,
—Tengo una cosa aquí.
—Llorá —le decía papá.
Veo dos sombras en su cama: una, la de su cabeza, alargada en la pared a la luz del velador y la otra, la sombra de su sombra.
Y la niña se dice que hay algo en esos ojos casi violeta que todavía miran y que todavía imploran.

Un día, aprovechando el buen humor de la *bobe* —un colono pagó a la *bobe* todo lo que le debía— la niña le pregunta qué tiene su madre. La *bobe* se queda callada. La niña insiste, hasta que dice, *tzures*.
—¿Qué son...? —pregunté.
—*Tzures* son *tzures* —respondió, melancólica.
Había algo cruel dentro de esa palabra.

La niña ve a su madre tendiendo ropa, y yo levanto el palo con los pañales al viento. No es de noche ni de día, hay niebla, y la bruma es plomiza, y la lluvia cae incesante.

Después, cuando la madre muera, la niña querrá convencerse de que la madre sigue estando viva. Camina con los ojos extraviados, a la manera de su madre, por toda la casa, camina bajo la luz blanquecina, pero es difícil estar tan enferma, así, como lo está la madre. Escucha que la madre le habla al hijo que ya no tiene.

Caminaba por el pasillo, y yo la espiaba cuando encendía las luces de la casa en busca de mi hermano, y la *bobe*, a dos pasos detrás de mamá, sigilosa, que las apagaba.

La luz en el cuarto es crepuscular y, desde donde ella mira, todo tiene otro espesor, otra sustancia. Ella espía a la niña, espía a la madre y puede reconocerlas.

La niña mira por la ventana el cielo: hay eclipse de luna. Juega a que es ella, y no su hermano, la que murió. Se estira en el mosaico frío, con los ojos cerrados, inmóvil, conjura a la muerte y piensa en su propia muerte y la niña es la madre, y dice, *¡ah, qué pálida que está mi niña, y cómo duerme!*, y puede ver a la madre inclinada sobre ella, triste. La niña piensa que los muertos salen a la oscuridad, cuando nadie los ve, y que miran con un ansia secreta en los ojos de los otros. Y cuando el miedo le cala los huesos, la luz parece disolverse y ella ve algo que nadie ve: su propia memoria.

| Cuaderno 3 |

Ella dice que no terminará su vida enterrada en el pueblo y pide a la niña que cierre los postigos para ver en la oscuridad lo que la luz no le deja ver. El cielo es de tormenta, y papá está en el escritorio de la sala, sentado en su sillón giratorio. Trabaja en algo, y tiene puestos los anteojos. El reloj de pared da las once. La sombra de la niña se recorta con el resplandor de la lámpara. Es de noche y la madre ve ratas, y la niña le dice que las aplastó con la escoba. El padre le da una pastilla que deja a la madre sin sufrimiento.

Es mi sombra la que dice que diga que era de madrugada cuando encontré a mamá con el pelo revuelto y desnuda por el pasillo. No, era de mañana cuando le puse el camisón, y ella murmuró que una víbora se le había prendido al pezón mientras dormía.

Nadie en la casa explica a la niña qué tiene la madre, pero a ella le basta con mirarla para adivinarlo.

Yo le dije a la *bobe* que mamá estaba así por la muerte de mi hermano. La *bobe* se llevó las manos a la cabeza, nombró a Dios, y me hizo prometer que nunca más iba a repetir eso.

La niña está en su cuarto y mira por la ventana hacia la casa de los Brener. Apenas si sopla el viento. La niña piensa que su amiga Sofía duerme. Un cochemotor cruza a gran velocidad y la niña escucha que la *bobe* grita y que el padre grita, *Lete se escapó.*
Papá corre en la noche, y no muy lejos de casa, en el terraplén de las vías da alcance a mamá. Mamá regresa en los brazos de papá y me mira de un modo extraño. Hay algo en ella que no es exactamente...

La *bobe* sube las persianas de la tienda, la niña la llama, y dice que la madre se desmayó en el zaguán, y la *bobe* grita, *¡Lete, Lete!*
Voy por agua, y desde la cocina escucho a la *bobe* que dice *Dios mío hija, estás gruesa otra vez.*
Y cuando regreso, pregunto a la *bobe* si es cierto que mamá va a tener un bebé, y ella me dice que de dónde saqué eso. La *bobe* me habla de cuando tenía mi edad, y vivía en *Odessa,* y de un árbol llamado *pes.* Yo la escucho, aunque tengo sueño, hasta que ella me pregunta si la sigo y yo le digo que sí. Entonces la *bobe* me cuenta que cuando escapó del pogrom se llevó semillas de ese árbol a Lyon, y que después las trajo en el barco para plantarlas aquí, pero que su hermano las tiró al mar.
Esa noche la niña sueña que un hombre entra a su pieza, que tiene el cuello del impermeable levantado, y le dice, con el cigarrillo en la boca, que lo siga. Ella lo sigue por un pasillo inacabable y al fondo del pasillo hay un cuarto oscuro y silencioso. Y allí está el padre. Al verla, el padre dice *mi niña, los caballos pueden hacer lo que quieran, pero una niña no puede.*

Abrí los ojos. Pensé en el hombre del sueño y no sé por qué vi a la *bobe* cortando calas, al lado de la canilla, y el agua jabonosa corría por la zanja y arrastraba una pluma de pavo real.

Aún hoy veo la escena y la *bobe* sigue en ese sitio cortando calas, al lado de la canilla que gotea y hay agua que se lleva una pluma de pavo real.

El doctor Yarcho está con mamá y papá me pide que lo acompañe a comprar cigarrillos. Le digo que sé que mamá espera otro bebé y papá me dice que ya no.
Papá me compra un chocolate. Regresamos.

Una tarde que la niña vuelve con León, ve al padre saliendo de la pensión del holandés con una mujer. La mujer que lo acompaña tiene el pelo enrulado como la madre,
–Ése es tu papá –dice León.
Y la niña dice,
–No. No lo es.
Esa noche, después de la cena, el padre pide a la niña que le prepare una taza de té,
–¿Cuánto de azúcar?
–Dos terrones.
Él la mira con sus ojos cansados, y dice,
–¿Te pasa algo, Déborah?
Y la niña lo mira y calla, y no pregunta, simplemente no pregunta. Sólo dice,
–Se le apagó el cigarrillo.

Su padre ya no tiene la misma voz y tampoco ella tiene la de la niña que fue.

Una tarde encontré a papá con esa mujer.
–Déborah, te presento a... dijo papá.
Yo miré a esa mujer, y, después, le di la espalda, y después salí corriendo.

Cada vez que pienso en esa otra mujer, tengo miedo de encontrarla de nuevo. Mis ojos no querían verla y pregunté a tía Berta quién era esa mujer que estaba de espaldas a mí, y tía Berta me miró extrañada.

La niebla es espesa. La niña cruza la plaza con su padre. De vez en cuando lo mira y ve que tiene los ojos enrojecidos. Le pregunta adónde van. La niña se prende de su brazo y los dos callan. Cortan camino por un sendero y al llegar a la vereda ella ve al viejo Slavin, absorto, leyendo el diario, bajo un alero. Las calles están casi desiertas. El aire es húmedo, frío. Pasan por el mercado que huele a arenques. Enseguida, las vías del tren y, luego, el tren que marcha con un hombre colgado de la escalerilla del furgón. El ruido de la locomotora apaga las palabras de su padre,
–Mañana me voy.
El padre habla de alguien, habla de algo,
–Una vez yo fui otra cosa...
El padre se ahoga y no puede dejar de toser. Cuando la tos pasa, la niña le pide que no hable más.
Él dice,

–Se viene un diluvio.
Y corremos a casa.

Papá prepara la valija. Mira el reloj a cada rato, y yo me acerco y le suplico, *papá no te vayas*, pero él no dice nada y entonces, yo sé que se va.

El padre cierra la valija, la niña escucha la bocina del auto de alquiler que lo espera, y vuelve a suplicarle que se quede: el padre la abraza. El padre sale y todo es un largo silencio.

La niña va a su cuarto y escribe en un cuaderno. Escribe una historia que no acaba nunca. Después, esconde el cuaderno detrás de un cajón del ropero, lo esconde de sí misma.

Muchos años van a pasar para que ella vuelva a recordar ese momento que creyó olvidado.

Llueve en todo Entre Ríos. El taxista que me lleva al cementerio dice que en una hora llegaremos. Yo le pregunto que si con la lluvia no nos vamos a empantanar, y él dice que me despreocupe.

Todo es posible y mudo, me digo que alguna vez conocí todo lo que ahora recomienza y conozco: los matorrales en las cunetas, el puente sobre el arroyo Malo, las vacas pastando, aburridas y perpetuas, el carro ruso que ahora se detiene, el olor a carroña y la niebla.

Yo pensé que papá no iba a regresar, pero papá volvió. Él me pregunta por la *bobe*, y cuando le digo que no está, papá dice,

–Dejame solo con mamá.
Vi a papá salir de la pieza de mamá. El manojo de llaves tintineaba en su mano: mamá no lo había perdonado.
Dije,
–Papá, dejala.
Dijo,
–Ya la dejé.

Han pasado casi cuarenta años y, cuanto más palidece la imagen de quienes amé, menos consigo rehacer el espacio en el que yo nací, y, sin embargo, el intento de reconstruir cada momento vivido en mi casa persiste, como el eco que esos recuerdos dejaron en mí.

Ellos están intactos en esa foto de familia que nunca fue tomada: papá que lleva a mi hermano en brazos, y mamá a mí de la mano. Puedo oír la respiración entrecortada de papá. Apenas escucho el fragor de lo que fue, y veo destellos fugaces, como rastros de un campo de batalla.
Papá y mamá están *allí*, aunque *allí* quede en ninguna parte.
Están muertos, pero sus voces se propagan, imprevistas. Cierro los ojos y los veo: papá, pensativo y mamá que flota en la cama como en un arca y, aunque la *bobe* está en su tienda, pronto va a entrar al cuarto para ponerle hielo en la cabeza.
Mamá le dice a papá,
–Acomodate la chalina, que la gente que nos acompaña al cementerio va a decir que sos un *shleper*.

Mamá pide que la ayuden. Es insoportable el dolor de cabeza que tiene. Dice, *morfina*, y luego dice que no quiere vivir, que quiere solamente dormir. Y papá la abraza y le da la pastilla. Cuando mamá se duerme, papá sale del cuarto y grita, la voz ronca y los pulmones destruidos por el tabaco,
–¡Mierda!
Hay una mueca en la boca de papá. Y papá ahora, susurra,
–Tal vez sólo eso puedo reclamarle a Dios.
La *bobe* al escuchar, le grita que los comunistas han salido del infierno, y que Dios castigará a los comunistas.
El padre dice,
–Dios no existe. Si existiera, usted ya no estaría aquí... ¿Acaso sabe quién soy yo? No sabe vieja... Tiene miedo y no sabe siquiera a qué... Oh, vieja, cállese, por favor...
Es la primera vez que la niña ve al padre enfurecido. Piensa que cuando su madre despierte va a tener hambre, y le dice a la *bobe* que no se olvide de prepararle algo de comer. Antes de entrar a la cocina, la niña, con un tacho, junta agua de lluvia.
La niña hunde la cabeza en el fuentón y el pelo flota en el agua, lacio y brilloso.

De nuevo es de noche, y de nuevo se escucha el grito de la madre. La niña no quiere oírla, la agota ese grito, no puede soportarlo. No puede soportar la noche. La niña envuelve su pelo en la toalla y se peina y la luna avanza entre los eucaliptos.
Tiemblo mirando por la ventana la luna llena que avanza. Tiemblo cuando me parece que mamá dice que mi hermano no se murió y lo repite hasta que la voz se le apaga.

Tiemblo cuando miro el sitio donde estuvo sumergida. De pronto grita que estamos enfermos, *muy enfermos*, grita. La madre busca al hijo por la casa en la noche, en las piezas, en el pasillo. La madre escribe en la pared de su dormitorio, con un lápiz de labios, *devuélvanmelo*.

Esa noche la niña sueña con el hombre del impermeable que la lleva por el sueño hacia un país desconocido. El hombre le lanza miradas furiosas, y le dice que la va abandonar allí, lejos. La niña sabe que el hombre sabe que ella finge no verlo, pero en ese momento la niña despierta.

La niña ve a su padre en un tren. Quiere irse con él, pero una mujer está en el camarote y se ocupa de su valija, y la niña tiene miedo, y se queda quieta, y los mira. La mujer deja caer su cabeza sobre el pecho del padre y cierra los ojos.

Déborah, andate, me digo, y no puedo irme porque papá acaricia el cuello de esa mujer y su mano desciende, y yo quiero subir, pero está prohibido subir o bajar con el tren en movimiento y corro por el andén, y el tren se aleja. Y la niña que era yo se sienta en un banco de la sala de espera, y no llora.

La niña camina hacia su casa y baja por un callejón, y cuando entra al zaguán, la *bobe* le dice que tiene barro en los zapatos, y ella no escucha. Viaja con el hombre que viaja en un tren.

Sale descalza al patio y es fuerte el olor a hinojo. Las cigarras no dejan de cantar. La niña se acerca al pozo y ve una cara pensativa, que se agranda y se agranda en el agua.

Mamá me buscaba para que le acomodara la almohada y para descargar en mí el sufrimiento que la atormentaba: decía que el dolor de cabeza le horadaba el cerebro.

Necesito volver a su tumba y decirle, como una niña, lo que no le dije entonces, que no siendo hija única, pero sí única hija, sabía que no era sólo mi hermano el que la había matado con su muerte, y que mi hermano la volvió a matar aquel día en que ella se tomó las pastillas.

Veo relampaguear detrás de los paraísos, y escucho a la *bobe* que dice que me abrigue, que voy a resfriarme. Me dice que llega el año nuevo y que hará *kigl* de papa con grasa de ganso. Yo le digo que se me hace agua la boca y río, y pienso en guardarle un pedazo a León, y pienso en el caramelo de limón pasando de su boca a la mía. Y otra vez escucho gemidos, y no estoy segura de que sea mamá la que gime de placer o de sufrimiento.

La bruma envuelve la casa, y la casa es como si no hubiese existido nunca, y el viento empieza a soplar con ferocidad y se lleva la bruma y deja, de pronto, la casa al descubierto. El viento se estrella contra los envejecidos muros y los penetra y silba.

Una mañana, la niña ayuda a la madre a levantarse, y ve que la madre contempla su cara en el espejo. Pregunta a la niña si las cosas andan bien en la tienda, y se acuerda de la deuda que tienen con la cooperativa *Lucienville*.
La *bobe* me llama,
–¿Qué dijo?
Le digo que mamá quiere compota de manzanas. La madre tuerce la boca queriendo sonreír.

La *bobe* le dice a mamá que tiene que bañarla. Mamá está pálida y ojerosa, y se le ven las costillas. La *bobe* le enjabona las axilas, la espalda y los pechos, y murmura, *ya no estoy para estos trotes*. Dice que le duele la cintura y cuando desciende hacia el pubis, se detiene al ver a la niña y le dice que es mejor que salga.

El vapor que recubría los azulejos morados no desaparece. Abro el postigón y me digo que es la primera vez que hay sol en mucho tiempo: de nuevo estoy en el patio de mi casa. Entro a la cocina y veo a la *bobe* esparcir harina sobre la mesa. La *bobe* está de espaldas. Enseguida estira la masa con un palote y la soba, y me dice que otra vez va a llover, y soy yo quien sale al patio y descuelga las sábanas y digo que ya están secas, y las cargo al hombro, mientras un relámpago atraviesa el cielo y escucho a la *bobe* cantar,

> *Au clair de la lune,*
> *Mon ami Pierrot!*
> *Prête-moi ta plume*
> *pour écrire un mot.*
> *Ma chandelle est morte,*
> *Je n'ai plus de feu...*

La niña se mira en el espejo, desnuda. Es delgada y tiene los pechos incipientes y el pubis cubierto de vello. Ha sangrado por primera vez. La madre le dice que se sangra cada mes y que ahora es una mujer.

Sofía es mi mejor amiga y a ella le cuento de las tristezas de mamá, pero cuando me pregunta qué tiene, yo no sé decirle qué, y sólo le digo que mamá sigue de luto. Déborah juega a las cartas con Sofía. La sombra de su madre enferma cruza a cada rato por sus ojos y piensa, *la muerte de mi hermano parece ser lo único que le importa.* ¿Cuándo fue que la niña apoyaba su cabeza en el pecho de la madre y la madre se la acariciaba?

Dejo caer el siete de corazones sobre la mesa y finalmente dejo el mazo de barajas y le digo a Sofía que me tengo que ir, y vuelvo a casa.

La niña entra a su casa y escucha un gemido, enseguida otro más prolongado que viene del cuarto de sus padres. Se queda inmóvil, hasta que deja de escuchar. Entonces, llama a su madre. El padre entreabre la puerta y le dice que no moleste, que están durmiendo. La niña alcanza a ver a su madre desnuda que manotea la sábana y se tapa con ella. La niña sabe cómo se hace eso por Sofía, que lo sabe por Angélica que trabaja de sirvienta en su casa. Sofía dice que duele la primera vez, y que se sangra como se sangra con la regla. Angélica dice que después dan ganas de hacerlo de nuevo.

La niña sabe por qué había algo oscuro en los ojos del padre, cuando le dijo *estamos durmiendo,* y también sabe que su hermano no vino en el pico largo de ningún ave blanca.

La niña regresa a la casa de su amiga y le cuenta lo que vio, se tiende en la cama y con los ojos cerrados dice que un día ella también lo hará.

–Cuando te cases –dice Sofía.

Esa siesta, Déborah dice que no quiere ser una solterona como la tía Berta. Lo dice en un arrebato que no puede reprimir. Las dos niñas ríen.

La escena con Sofía se repite. Entro a casa y la *bobe* me pregunta de dónde vengo. Y allí está aquel olor inseparable de la *bobe*: la sopa de *borsch*.

La *bobe* me dice,

–Comé, querida.

Antes de que yo termine de tomar la última cucharada, ella agrega más sopa de remolacha en mi plato.

El caldo rojo humea ahora, como antes humeaba bajo el rumor de los gritos roncos y de los sables de los cosacos, cuando la niña que era mi *bobe* se escondía en el patio de su casa. La niña le pide a la *bobe* que le enseñe a preparar el *borsch*, y la *bobe* con los ojos febriles de alegría, le dice cómo hacerlo para que el *borsch* salga delicioso.

La bobe *me enseña a preparar la sopa de* borsch. *El caldo humea en la olla y se eleva en ese cucharón de plata que huele a estepa y nieve. La* bobe *dice que se puede tomar frío y con crema, pero a mí me gusta que llegue caliente a mis entrañas y mientras lo saboreo, le pregunto si es verdad que después de muertos podemos volver a vivir. Mi pregunta la indigna, la exaspera y la hace sufrir, como si yo la hubiese traicionado, y dice que ante nuestro único Dios no existe la resurrección de los que ya están muertos.*

Miro el campo de lino por la ventanilla del taxi y me digo que se parece al mar cuando está azul, y vuelvo a mirar esa foto que llevo conmigo, donde a mamá se la ve joven y bella, apenas una niña, y sus ojos casi violeta y su traje marinero que la *bobe* especialmente ha confeccionado para esa foto, y me digo que esta foto es la última de las imágenes de mamá que conservo. Quizá pueda remontarme a sus años de niña y escuchar, como si estuviese allí, los rumores de su noviazgo, y también pueda escuchar a la *bobe*, que prohíbe a mamá encontrarse con su novio, y quizá yo la vea obedecer a su madre, con esa humildad y con esa lentitud que formarán parte de su perdición.

| Cuaderno 4 |

La niña dice,
   —*Bobe*, cortaron la luz.
   La *bobe* llama por teléfono a la usina, pero allí nadie le responde. En la penumbra, cambia la camisa del sol de noche. Enciende la mecha y bombea hasta que la luz se prende.
   La *bobe* busca el costurero y dice a la niña que va a levantar el ruedo a su vestido. La luz es escasa, y aunque la *bobe* intenta pasar el hilo por el ojo de la aguja no puede. La *bobe* murmura,
   —No voy a permitir que mi nieta ande como una negra de rancho.
   La niña está a punto de contestar, pero al ver los ojos fríos de la *bobe* calla y da un puntapié a la silla, y la silla cae con estrépito.

   La *bobe* riega los junquillos y las espuelas de caballero que están florecidos: la niña va tras de ella, y cuando la ve deja la regadera, y dice,

–Descalza no, mi querida.
–Hace calor, *bobe*...
–No importa.

En la cocina hay poca claridad. La *bobe* mira a la niña con dulzura y desliza la mano por su flequillo.

La niña apoya los codos sobre la mesa, la cabeza entre las manos, y le dice que está cansada. La *bobe* mira cuánto ha crecido y dice, la voz, velada,

–Para mí vas a seguir siendo siempre, *mein kind*.

De pronto, la *bobe* me pregunta si me gusta algún chico. Yo le digo que sí. Ella me pregunta,

–¿Es León?

Es lo mismo que estén abiertos o cerrados: ella no ve nada, no puede ver nada, ni de cerca ni de lejos. Espera.

A la hora de la siesta el padre revela fotos. La niña sabe que cuando él deja la estanciera en la calle y clausura el garaje, sellándolo con papel negro, la ceremonia del revelado comienza.

Papá ponía el negativo en la copiadora, daba luz sobre el papel brillante, y lo sumergía en cada una de las cubetas que contenían los líquidos para el revelado. Después de que iban brotando las caras y los cuerpos de los compañeros del Partido, dejaba el cigarrillo y me decía, *hay detalles, Déborah, que se pierden,* y ante mi estupor rompía la foto y la copiaba de nuevo.

Me gustaba permanecer con él, allí, bajo la luz del foquito rojo, sin poder salir, lejos del mundo.

Una tarde la niña encuentra la foto de una mujer: huele a ácido acético. La mujer es de pechos grandes, la misma que subió al tren con su padre, la misma que salió con él de la pensión del holandés. La niña quiere recordar cuándo fue que su padre le gritó, *¡Déborah, qué hacés!* : solamente recuerda que la foto de la mujer estaba hecha trizas entre sus manos, y que vio los ojos de su padre que la miraban esperando que ella hablase, pero la niña bajó la cabeza, y el padre le dijo que se fuera.

La niña entra a la tienda. La *bobe* le dice que sólo un hombre como su padre puede perder el tiempo en ese cuarto oscuro, con esos olores nauseabundos. La niña le escucha decir a la *bobe* que no va a tolerar más que ese *mujik* apeste su casa, pero la niña sabe que también su abuelo revelaba fotos.

La *bobe* dice,

—Estar en ese cuartucho es lo único que tu padre sabe hacer.

La *bobe* dice que eso de estar metido en la oscuridad es propio de los comunistas, sin advertir que el padre de la niña está escuchándola. La *bobe* lo descubre y lo mira, imperturbable, pero él, de pronto, toma a la *bobe* de un brazo y se lo retuerce hasta hacerla gemir, y le grita,

—¡Pare de hablar, carajo!

La *bobe* lo maldice, y él la suelta, y en ese momento la niña escucha que la madre grita, *déjenme morir*. La niña corre al cuarto.

Mamá me dice que no siente los pies desde que le arrancamos a mi hermano. Veo su cara envuelta en una luz extraña: ella lo busca, se toca los muslos, las piernas desnudas, pone sus manos en la vagina y se agita.

La *bobe* zamarrea a la niña, y le grita que ella perturba a la madre. La niña dice que nadie le habla de la enfermedad de su madre. El padre se derrumba en el sillón de la sala con la cabeza entre las manos. Una parte de él se abre, brutal, y le dice qué tiene su madre, y la niña se retrae de miedo: la niña no quiere entender.

La niña sale al jardín y vomita sobre las calas, al lado de la canilla que gotea.

Su padre camina por la galería, con calma, y le dice a la niña que su madre era la mujer más hermosa que salió de la colonia. Mamá heredó una tara que está ahora encerrada en mi cuerpo... Yo no voy a tener hijos...

El mundo se empaña junto a las calas y un rumor confuso y salvaje no cesa de resonar dentro de ella y la golpea.

La niña ha visto a su padre con esa otra mujer riendo de todo y por nada.

El padre dice,

–Déborah ¿qué te pasa?

La niña se acerca a la ventana. ¿Por qué su padre puede acariciar el pelo, los pechos grandes de esa mujer, pechos como los que tiene su madre?

Para el padre ella es aún una niña y, aunque menstrúe, él no lo quiere saber, y si tal vez lo sabe, prefiere decirse que no lo sabe. Vuelve a preguntarle qué le pasa y la niña le dice que no le pregunte, que le da vergüenza que le pregunte... El padre calla, cada vez habla menos, como si se escondiera o escondiera algo, como si se esfumara junto con el cigarrillo que se consume en su boca. Después, la niña sale a la calle. La calle está vacía. Aún no es completamente de noche.

Cenamos. Yo sirvo té. La *bobe* me dice que me cambie la blusa que se transparenta y que, así, con esa blusa, parezco una puta.

La *bobe* se sienta en el sillón de mimbre y escucha en la radio que el paro de los ferroviarios va a continuar y que en ese paro hay infiltrados.

—Los matarán a todos —dice.

Papá finge no escucharla. Yo tiemblo y le digo a papá que en el pueblo no hay *infiltrados*, como la *bobe* llama a los ferroviarios que están en huelga.

A lo lejos, alguien canta,

Aserrín aserrán,
los maderos de San Juan,
piden pan, no le dan,
piden queso le dan hueso,
y le cortan el pescuezo...

La luz se desintegra. La niña mira a su padre, tiene la cara triste, y le toma la mano, y le dice,

—Cuando era chica, tenía miedo y cerraba los ojos para esconderme.

—¿Miedo a qué? —pregunta el padre.

—Miedo... Mamá tiene miedo de que el comisario se lo lleve a usted, y yo...

Creo que papá no anda más con esa mujer. Se lo ve más tiempo en casa. Va al trabajo y a las reuniones del Partido. Para mí que la *bobe* sabe que papá anduvo con esa mujer, pero nunca le escuché hablar de eso.

El aire quema afuera, pero no así dentro de la casa donde los techos son altos y las paredes gruesas. La niña espía por la persiana y ve a una chica que tiene puestos zapatos blancos, y lleva una pollera ajustada. La niña piensa que espera que la *bobe* abra la tienda. La *bobe* le dice a la niña que esa muchacha es una puta, y que no le fiará ni un metro más de género. La *bobe* abre la puerta y le grita,
–O me pagás o te denuncio, Rosa.
–Le voy a pagar cuando los de la molienda cobren la quincena, *bobe Eñe*.
–Si te viera tu madre, que en paz descanse. Mirate, no cumpliste ni treinta y ya sin dientes.
La niña escucha y ve a Rosa que baja la cabeza y calla.
La *bobe* dice,
–Cuando tu mamá venía a lavar la ropa te traía, y me acuerdo que eras una nena obediente y respetuosa... Pero cómo cambiaste, Rosa... A mí no me vas a engañar: los gurises deben estar muertos de hambre, y ahí estás vos, que te dejás llenar la panza como una coneja...
La *bobe* le cierra la puerta y yo escucho que Rosa le grita *judía de mierda*.

El calor es sofocante y la *bobe* abre la tienda más tarde que de costumbre.
La niña está triste, sentada en el escalón del zaguán. Hace unos días que no se habla con León.
–Pero no es una tragedia, *mein kind*... –le dice la *bobe*.
La niña piensa en León, y piensa que él no la va a llamar. De pronto la *bobe* dice,
–Mirá quién está aquí...

Y cuando la niña levanta la vista ve que León está a su lado.

León le dice,

—Quiero mostrarte la máquina de fotos que me regalaron.

Y en ese momento, la niña ve que el comisario entra a la tienda y escucha que dice a la *bobe* que no la vio en el entierro de *Sheine Malke,* y agrega,

—¿Escuchó algo sobre el paro?

—Con la política no tengo nada que ver.

—Su yerno está bien al tanto, mi querida señora...

Veo que a la *bobe* le tiemblan las manos y el comisario se va, y yo la miro asustada, y la *bobe* dice que no vale la pena tener miedo, y me dice que León me espera.

No sé si lo que veía entonces, es lo que veo ahora. Como si el ayer me reabriera una herida. Me queda la cicatriz. Es una línea blanca y fría que recorre, al través, la palma de mi mano, y al mirarla veo de nuevo a papá: está sentado bajo la sombra de la parra. La erisipela le dejó huellas y tiene el cuello y la nariz encarnados. Y el recuerdo de papá cruza como una ráfaga por mis ojos y el viento golpea las celosías, y yo, que estoy sentada sobre un cajón de manzanas, escucho que me habla de una ballena blanca. Papá tiene puesto un impermeable, el cuello levantado y un cigarrillo en la boca.

Papá es Tony Reseck en *Estaré esperando.*

La niña se impacienta por estar con su padre y cuando él entre ella correrá a sus brazos. El cuerpo delgado, los brazos de niña, las piernas de la niña enredadas en el cuerpo alto de su padre. *Mi niña*, le dice el padre, y ella sabe que sin él acabará por enloquecer.

La voz del padre es pausada, parece comprender lo que le pasa a la niña: *mi amor*, le dice. Y por un momento la niña se olvida de todo. El padre saca del bolsillo de su camisa una lapicera fuente y se la regala.

Yo escribo en mi diario, con la lapicera fuente que papá me regaló.

Creo que papá no ha dejado a esa mujer, aunque diga que ya la dejó.

Papá me puso la mano en la frente y dijo,

–Volás de fiebre.

Y llamó al doctor Yarcho. El doctor me vio placas de pus en la garganta, y dijo que tenía difteria. Y cuando dijo difteria, yo me di cuenta de que era muy grave lo que tenía.

La *bobe* me cuidaba como sólo ella sabía hacerlo y papá me traía libros.

Yo no podía tragar, y el doctor Yarcho me preguntó cuántos años había cumplido, y yo le dije que doce, y él me dijo que dijera *aaa*, y yo contesté *d...d...do...ce*, y cuando, después de varios días, la fiebre bajó tuve hambre como nunca había tenido.

El doctor Yarcho me preguntó si era cierto que quería ser fotógrafa, y yo le dije que no lo sabía.

Todo se acerca o se aleja, según la dispersión del día y la disolución de la luz.

Cuaderno 5

Mamá duerme casi todo el día y yo estoy a su lado. Leo *Alicia en el país de las maravillas*. La niña va a volver a leer muchas veces ese libro: hay párrafos enteros que conoce de memoria:

–¿Quién eres tú? –dijo la Oruga.
Éste no era un comienzo alentador para una conversación. Alicia contestó, algo cautelosa:
–Yo... yo casi no lo sé, señor, en este momento... por lo menos sé quién era yo cuando me levanté esta mañana, pero me parece que debo haber cambiado varias veces desde entonces...

La niña ve que su madre abre los ojos y habla al padre de la niña, como si ella fuera su madre, y se dirige a la *bobe*, como si fuese su hermana, y dice, *díganme qué hice para merecer esto*. Y enseguida, grita, *¡por qué me hacen sufrir así!*

Cuando los gritos de mamá traspasan los muros de casa y se escuchan más allá de la estación de tren, yo veo a papá que no sabe qué hacer con él mismo y escucho a la *bobe* que dice, *es demasiado...*

La niña se sorprende al ver por primera vez que su padre y la *bobe* se han puesto de acuerdo en algo. Dicen que a mamá hay que internarla en Buenos Aires. Dicen que estará bien cuidada y que podré viajar a verla. Dicen que mejorará.

La niña abre el libro en la página que su padre marcó.

Ella duerme. Miro por un rato sin resentimiento su pelo revuelto y su boca entreabierta oyendo su respiración profunda. De manera que ella tuvo un amor así en su vida: un hombre la amó tanto que murió por su causa... Uno a uno nos iremos convirtiendo en sombras. Sé que es mejor pasar audaz al otro mundo en el apogeo de una pasión que marchitarse consumido funestamente por la vida...

Cada vez que un tren pasa y los muros de casa vibran, la *bobe* encierra a mamá en su pieza con llave para que no se escape. La *bobe* dice que mamá tiene más fuerza que antes de su enfermedad y que ya no puede con ella. Yo espío por el agujerito de la cerradura y veo a mamá que se queda temerosa, y cuando el tren se aleja, canta, *Je le sais, tout casse, tout lasse et tout passe: les châteaux, les châsses, tout ce que l'on brasse ou que l'on tasse...*

La oscuridad, el fundido, como una negra noche, empezará un poco antes de que la niña entre en escena y va a acabar mucho después, cuando la niña sea una mujer.

La *bobe* contrata una enfermera y me dice,
—No quiero que se sepa.
—¿Y si me preguntan?
—Nadie te preguntará.
Siempre es la niña quien debe callar para que nadie en el pueblo hable una palabra de la madre. *No digás nada, Déborah.*
Lo que pasa con mamá me lo cuento a mí misma. No me digo nada de mí, me digo de mamá.
El silencio que imponen la *bobe* y papá: me repiten las palabras que ellos repiten, *no digás nada Déborah.*
La tarde de mayo parece mediada entre el sol tenue que no termina de esconderse y la noche que no termina de salir.
La niña oye ruidos, como si alguien moliera vidrio, y enseguida ve lo inevitable.
Mamá destruyó cuadros, fotos, tiró el bargueño con el juego de platos y el trinchante con la cristalería de la *bobe*, y hay pedazos de loza y de vidrio esparcidos por todas partes. Voy por la escoba y junto los pedazos.
A la enfermera y a la *bobe* les costó trabajo llevarla a la cama.
La madre se inclina sobre ese espacio, al lado de su cama, como si el hijo estuviera en la cuna. Mamá llama a mi hermano.
La niña piensa eso que no puede entender. Las palabras no son muertos que con tierra se pueden tapar.

La enfermera ató a mamá a la cama con unos lazos de cuero y le curó las heridas que tenía en las muñecas. La enfermera le puso una inyección para que se durmiera.

Papá y la *bobe* hablaban en *iddish*, con ese modo febril que tenían de hablar entre ellos. En *iddish* saben todo, pero en castellano solamente dicen estupideces.
Papá camina por el cuarto, baja la cabeza y se detiene, y camina de nuevo. La *bobe* se impacienta,
–¡Quédese quieto, hombre!
Papá murmura algo que yo no alcanzo a escuchar, y va a la heladera y come algo y, como era su costumbre, se pone un palillo entre los dientes y se desploma en el sillón.

Desde que le colocan una dosis más fuerte de morfina, la madre despierta tranquila. Aún dopada, sonríe, parece celebrar el día, tararea *Adiós muchachos*. Y la niña piensa que la madre sigue muriendo. La *bobe* me pregunta,
–¿En qué pensás, *mein kind*?
–En nada –digo.
Sin embargo, yo pensaba en la gente que hablaba de mamá, que hablaba de papá, que hablaba de mí.
Qué se puede esperar de una chica con una madre loca y un padre comunista.
Eso escuchaba yo, la chica de la madre loca y el padre comunista, allí, donde se reunían judíos y gentiles, devotos amantes de los buenos negocios y de los casamientos provechosos.

León me mira y yo le pregunto por qué me mira, y él dice que mis trenzas son hermosas. León me da una carta y dice que la lea cuando llegue a casa.

La niña quiere esconder en la oscuridad lo que escuchó decir. La niña da la espalda a lo que la gente habla. La niña mira por la ventana y escucha la tormenta y no se tapa los ojos: la espera.

El agua cae con tal fuerza que inunda la casa y yo veo nada más que las paredes húmedas y la marca de agua arriba de los zócalos. Y creo escuchar a la *bobe*,

—... la cigüeña va a entrar por la banderola.

Y aparece papá con su impermeable, el cuello levantado que me dice,

—Te vas a quedar con tía Berta. Llevaremos a tu mamá a Buenos Aires.

La *bobe* dice que allí le harán un tratamiento que la va a mejorar. La *bobe* me dice que, en castellano, no sabe cómo se llama lo que le harán.

—¿La van a operar de la cabeza? —pregunta la niña.

Nadie se atreve a decir que sí, nadie se atreve a decir que no. La niña vuelve a preguntar,

—¿Qué le van a hacer a mamá?

El espacio se torna desierto, mudo. Escucho unos pasos rápidos y una puerta que se abre y vuelve a cerrarse.

Papá y la *bobe* se miran. Por todo mi cuerpo hay ruidos de pasos, y la voz de papá, y voces confusas que secretean en la oscuridad.

La niña entra al cuarto de la madre y ve que la enfermera le saca los ligamentos. Al verme, mamá me pide la chata.

La enfermera le dice que la chata no, que tiene que levantarse para ir al baño. Mamá dice, *con la mujer de blanco no voy a ir*. La enfermera le dice que la niña la acompañará.

Mamá se queda sentada con los pies fuera de la cama. Los ojos casi violeta me miran distantes; yo veo sus cabellos frágiles y una delgadez que me espanta.
–Estoy mucho mejor –dice mamá.
Por un momento la niña confía en lo que dice su madre, por un momento necesita creer. La madre se desliza fuera de la cama y echa una mirada a su alrededor, y camina hacia el baño con lentitud.
La enfermera le dice,
–No cierre la puerta, *Lete.*
Mamá se sienta en el inodoro y me sonríe, se pasa la mano por la cara y exclama,
–¡Me encuentro a gusto aquí!

El taxi deja el camino de ripio y entra por un camino estrecho de barro, donde sólo se ven vacas pastando. El taxista sigue la huella y, en un momento, las ruedas del coche patinan: el taxista maldice el camino y esa maldición le dice a ella, que no se ha ido nunca de su tierra. El camino al cementerio es el mismo que entonces, y ella ve como unas luces enturbiadas, y se dice que no ha cesado de llover desde que se fue.

| Cuaderno 6 |

Encontré a mamá sentada frente al espejo de la cómoda: se pintaba los labios con un lápiz rojo. Apenas notó mi presencia me pidió que le trajera las agujas de tejer. Dijo que tía Berta merecía un marido mejor que el que tenía, y ella era tía Berta, y le hablaba al marido con palabras amargas, y luego, miró debajo de la cama y dijo,
—Nunca estoy tranquila con las cosas que pasan aquí abajo.
Después, como si tía Berta estuviera con ella, dijo, *el desgraciado de tu marido,* y murmuraba, *pas pour moi, je te répete Berta, oh l'amour, tu sais, le corps, l'amour, la mort, ces trois ne font qu'un, n'est-ce pas?*
Veo, ahora, a mamá que saca el termómetro de la mesa de luz y se lo mete en la boca. La enfermera se lo quita y mamá la escupe y quiere arañarla. Cuando la enfermera consigue dominarla, mamá le lame la cara con su lengua. La enfermera me grita,
—Ayudame, rápido.
La niña pasa el lazo por las piernas de su madre y lo ajusta al elástico de la cama.

La madre grita que la suelten. La madre grita hasta que la morfina la duerme.

Salí a la vereda y el aire fresco de la calle fue una caricia que nunca he de olvidar. Caminé hacia la plaza y la gente me miraba como si yo hubiese hecho algo que no debí hacer. Crucé el sendero, hasta el otro lado del paso a nivel. Pasó el tren que venía de Asunción, y los pasajeros sacaban los brazos por las ventanillas y saludaban. Viajaban hacia donde yo hubiese querido ir.

La enfermera le desató los lazos a mamá y me dijo, *con la dosis de morfina que le puse va a dormir un buen rato*, y salió.
Mamá durmió durante un largo rato, y después, movió los brazos, la cabeza, abrió los ojos, y me preguntó si yo era la madre de León. Cuando le dije que no, mamá repitió algo inentendible.
La niña se acerca a la madre y le acaricia la frente, y cuando va a abrazarla, la madre grita que no la toque, que le da asco que la toque. La niña espera que la madre se sosiegue. La niña cierra los ojos y piensa, *me gustaría ir a un sitio donde nadie me conozca*. Cuando abre los ojos ve que la madre, que se ha ensuciado en la cama, se levanta con las manos llenas de caca y empuña las agujas de tejer y amenaza con clavárselas en los ojos.
La enfermera consigue maniatar a la madre. La niña corre a buscar a la *bobe*, pero la *bobe* está ocupada con una clienta y le dice que después van a hablar,
—No hay que exagerar *mein kind*... —dice la *bobe*.
—Yo no soy una niña —dice la niña—, ya no lo soy.
—Mejor te vas a ordenar tu pieza.

La niña escribe en el cuaderno,
21 de mayo de 1959
El día está oscuro y mamá está hecha un desastre: se arrastró por el piso toda la mañana y se hizo caca encima, y después la enfermera la tuvo que lavar y llevarla por la fuerza a la cama. Cuando la enfermera la arrastra hasta la cama parece una vaca a la que van llevando al matadero.
Papá y la bobe *se la pasan hablando en* iddish. *Hoy preparé mi bolso... tengo ganas de irme para siempre de esta casa.*
¡Qué haría sin vos!
Ah, me olvidaba de contarte: ayer, encontré en la verja a un gatito gris que estaba muy quieto y muerto de frío. Como sé que no lo puedo tener conmigo, se lo llevé a León para que lo cuide.

La niña cierra el cuaderno y lo esconde detrás de un cajón para que nadie lo lea.
Regresa a la tienda. La *bobe*, con voz seca, le ordena no recuerdo qué, y la niña grita,
—Usted no es nadie para mandarme... No es nadie...
La *bobe* agarra del pelo a la niña y la lleva hasta la pieza, y le dice,
—Faltarle el respeto a tu *bobe*... tenés a quién salir, hija de tu padre... Vas a matarme.

Al entrar, papá preguntó a la *bobe*,
—¿*Lete* tomó el remedio?
—Lo que Yarcho le dio no la tranquiliza.
El resto del día la *bobe* hizo más cosas que las que habitualmente acostumbraba a hacer. Y si por lo común estaba

de mal humor, ese día estuvo especialmente insoportable: se la agarró conmigo, y después con papá, y cuando vio que ni papá ni yo reaccionábamos ante sus arranques de ira, se fue murmurando, perpleja.

Papá dijo,
–¿Cómo está mi niña?
Le temblaban las manos.
–Mi niña está triste y quiero verla contenta.
–Mamá está mal –le dije.
–Sí, está mal.
La niña mira al padre y el padre le acaricia la cara.
La niña lleva su mano delgada a la cabeza del padre y le dice,
–Se está quedando pelado, usted.
Salen a la calle y la niña se da el gusto de correr y llegar antes que él al paso del tren.
Veo al padre que vuelve a la casa sin la niña, y me digo, *habla solo, está contento*. Alguna vez, es posible que lo esté.

Me cepillo el pelo y llamo a la *bobe* para que me haga las trenzas. Tía Berta dice que ella me las puede hacer. La *bobe* deja que tía Berta me peine.
Acompaño a tía Berta a tomar el tren para Nogoyá.
Ella ve a la niña con trenzas sentada con la tía Berta, en un banco de la sala de espera, en la estación de trenes de Basavilbaso.
Llueve.

Trilogía de Entre Ríos

La bobe *no permitió a mamá casarse con su novio porque no era judío; y después caminamos por la plataforma hasta que tía Berta subió al coche. Parada en el estribo, la tía se abrocha el sacón de paño negro que le disimula los pechos grandes y me dice, el tren en movimiento, desde entonces, tu mamá empezó a deprimirse.*
El tren se aleja.

Siento escalofríos cuando veo la lámpara somnolienta y escucho a mamá que mastica una manzana, y escupe las semillas sobre mi cara. Yo le hablo como se habla a un niño, pero ella me rechaza y me dice que la ayude a buscar el chupete de mi hermano y yo lo busco debajo de la cama, y cuando le digo que allí no hay nada grita, *la mujer de blanco, la mujer de blanco me lo escondió,* hasta que la enfermera la ata al elástico de la cama.

La niña mira a la *bobe* en el momento en que saca el pañuelito de la manga tres cuartos y se suena la nariz.
En la cena la *bobe* llora, y dice que no tiene más fuerzas para luchar. El padre le dice lo que nunca antes dijo, –Una mujer como usted no puede dejarse vencer... *Lete* la necesita, su nieta la necesita...
Y la *bobe* me mira con lágrimas en los ojos, y me abraza. Luego, mira a papá, pero no puede hablar. Papá dice, en voz baja, *usted es fuerte,* y cuando la *bobe* se tranquiliza hablan como si siempre se hubiesen entendido.

Esa madrugada mamá se tomó el frasco de barbitúricos y nadie pudo explicarse en qué momento lo hizo. La

bobe dijo que la enfermera la había descuidado, y se golpeaba el pecho y decía,
–Cómo pude confiar en esa *shuarze*.
–Cállese, la enfermera va a escucharla –dijo papá.
–No me voy a callar... –contestó la *bobe*.
La enfermera salió en ese momento y dijo que a mamá iban a hacerle un lavaje de estómago, y cuando abrió la puerta para volver al cuarto, yo alcancé a ver que mamá tenía puesta una sonda que le entraba por la nariz.
El doctor Yarcho dijo que ya le había hecho el lavaje y que había que esperar.
Al rato la niña entra a la pieza y escucha el ronquido de la madre bajo la carpa de oxígeno, y la ve flaca, pero es su madre.
Un olor rancio llenaba la pieza y en medio de ese sopor, mamá roncaba. Miré sus vestidos que estaban colgados en el ropero, las toallitas de la regla y algunos objetos: la polvera, el cisne y el cepillo para el pelo y el frasco con brillantina, y pensé que esas cosas eran todas horribles.
El doctor Yarcho dijo que ya no podía hacer nada más. Papá me dijo que debía salir.
Vi las hojas del roble en el frente de mi casa: estaban marrones y había algunas en el suelo. Levanté una hoja y la pegué en mi cuaderno.

La niña recuerda la mueca de odio que le hizo su madre en el momento en que entró al cuarto con las hojas de roble que había juntado para ella.
La niña anota en el cuaderno,
El cuerpo se le ponía rígido, y mamá hacía fuerza para que la bobe *no le metiera la pastilla entre los dientes, pero la* bobe *conseguía que se la tomara. Vi cuando le clavó la aguja de la inyección*

sobre la tela de la bombacha sin darle tiempo a nada, y mamá la arañaba, y también a mí me arañaba, y yo hacía lo que ella quería que hiciese con tal de no verle esos ojos de vaca en agonía.

Yo no decía nada cuando me golpeaba, sólo escuchaba su risa. No era solamente la muerte de mi hermano lo que la tenía así. No. Yo le pregunté a tía Berta por qué mamá estaba como estaba y tía Berta se quedó callada.

La *bobe* lloraba y decía, *por qué mein kind,* y yo no sabía qué decir.

La enfermera entra al cuarto con una toalla y cierra la puerta. La *bobe* y papá van tras ella.

La niña escucha pasos que van y vienen. La *bobe* grita, *¡No!* y tiene miedo de ese grito, y el padre sale del cuarto de la madre y abraza a la niña sin decirle nada.

La niña se levanta de la cama y va a la cocina y escucha que la *bobe* dice que van a hacerle al cadáver el baño ritual. Cuando escucha la palabra *cadáver* siente que el mundo desaparece para ella.

En casa no querían decir que mamá se había matado, querían decir que mamá había muerto de un paro cardíaco, pero no pudieron: la enterraron aparte, con los suicidas.

En el velorio de mamá hay mucha gente. Tía Berta sirve café. La gente no habla conmigo de mamá, dice que estoy muy linda, me pregunta cómo me va en la escuela, no nombra a mamá.

La niña advierte que la tía Berta habla con una mujer que está de espaldas. La niña se dice, *es la misma que salió con papá de la pensión del holandés, es la misma que subió con papá al tren...* La niña pregunta a la tía quién es esa mujer. Tía Berta la mira extrañada y cuando la mujer se da vuelta, la niña ve que es la enfermera que cuidó a su madre.

El cortejo avanzaba sobre un barro espeso, y escuché el golpe de los cascos pesados de los caballos. Nubes grises y bajas. Vi gente que espiaba detrás de ventanas. Escuché risas y bajé la vista, hasta que sentí la mano de tía Berta sobre la mía.

La niña camina. De un lado va su padre y del otro va la *bobe*, y la madre va adelante, en ese féretro de madera.

Al llegar a la casa, la niña mira la cama vacía de su madre. Ni rastros, ni restos. Nada más que un vasto y sombrío letargo.

Ella piensa en la foto del abuelo materno, que no conoció, y que descansa en su memoria en el mismo lugar que ocupaba en la casa, sobre la pared del comedor.

Cada vez que ella miraba la foto de su abuelo muerto sentía una mezcla de miedo y admiración. El mentón hacia adelante, la frente arrugada, los ojos profundos, la foto del abuelo jugaba en su fantasía de niña el papel de ogro y de lobo.

Cumplí trece años un mes después de la muerte de mamá.

Y ese día, con una pala, enterré las hojas de roble que estaban en el suelo y me dije *nadie en casa me felicitó por mi cumpleaños*. Busqué mis ahorros y decidí regalarme un espejito. Era una cosa simple que me puso contenta. Pero después me miré, me vi horrible, y lloré: había comprado un espejito para nada y me había puesto contenta por nada. Comprar un espejito: no podía parar de reír. Era bueno reír por mi cumpleaños.

| Cuaderno 7 |

Sueño que estoy parada en el umbral de mi casa, y escucho gritos, pero no me animo a entrar. Tengo once años y llevo trenzas sobre la espalda. Un hombre me dice en el idioma de los abuelos, ¿*sabe por qué está aquí?* Y cuando le digo que no sé, el hombre dice que estoy allí porque maté a mi hermano.

Parpadeo, veo una luz que se filtra por una nube, hasta que la luz desaparece. Me digo que es el cansancio que no me deja ver y espero, pero bastan unos minutos para darme cuenta de que estoy ciega.

A tientas voy hacia la ventana y cuando la abro una ráfaga de viento golpea mi cara, escucho golpes y pienso, ... *tal vez sean los nervios que no me dejan ver. Me voy a acostar hasta que se me vaya este velo de los ojos...*

Tengo ganas de gritar, *por qué a mí*, pero no grito, me quedo inmóvil. No me duele nada, no me estoy muriendo, y León me quiere.

Los silbidos de una locomotora... Me parece que hace una eternidad que estoy ciega.
Escucho la puerta de calle y enseguida los pasos de León que entra a la pieza y me dice,
—¿D., qué hacés tan temprano en la cama?
Yo le digo sollozando que no veo nada, *como si alguien me hubiera arrancado los ojos, León...*
Hay una clínica no muy lejos de casa y hacia allí vamos.

A ver, señora, cuénteme...
Fue de repente, no vi más nada. Yo creí que era el cansancio que no me dejaba ver, veía bultos que cruzaban por delante de mis ojos. Veía manchas, como si tuviese un sol adentro que me obligara a mirar fijamente.
¿Es usted diabética?
No.
¿En su familia hay diabéticos, algún tipo de malformaciones oculares congénitas, desprendimientos de retina, queratocono...?
No.
Apoye la pera aquí y no se mueva ni respire, hasta que yo le diga.
Ahora venga, no parpadee y abra grande los ojos. ¿Dígame, qué ve?
Negro.
¿Duele...?
Ahora no.
¿Cuándo dolió?
Antes, era intenso...
¿Recibió alguna mala noticia?
No.
¿Es hipertensa...?

No.
El examen no da nada, señora... Vamos a hacer estos análisis y vuelva cuando los tenga.

León me obliga a comer. Estoy nerviosa y me irrito por lo que sea. León me dice que tenga paciencia, que la ceguera va a pasar.
¿Cuánto tiempo voy a estar recluida, encerrada en este cuarto, echada en la cama como mi madre?
¿Y si la ceguera no pasa?
Las pesadillas son cada vez más frecuentes,
... Una voz ordenó,
Señores del Jurado den su veredicto.
Sí, Señoría. Nosotros declaramos a la acusada culpable en primer orden y la condenamos a muerte.
¡No, yo no lo maté...!
No tiene ninguna posibilidad, dijo una voz agria y seca.
Desperté bañada en sudor.

Echo dos gotas de colirio en cada uno de mis ojos, y el líquido frío me quema, pero yo resisto hasta que el ardor pasa.
El tiempo que necesito para vestirme, el tiempo que necesito para encontrar lo que busco es un tiempo que no tengo.

Hago esfuerzos para ver a esa niña que todavía se desliza por mi memoria, como yo me deslizaba entonces sobre el campo de lino y a la pollera se la llevaba el viento y yo miraba la puesta de sol.

Y me digo que es hora de que la vieja niña aprenda a vivir con lo que le queda.
–Tengo que retomar mi trabajo.
León me ayuda a ordenar las fotos que saqué antes de que me pasara lo que me pasa, y armo sobre cartulina las fotos de los mirones. Recorro el borde de cada foto con los dedos de la mano y por el tacto puedo reconocer qué hay en cada una de ellas.

Tengo dificultades para moverme en la calle. León no me deja sola.
Entramos a un bar. Hay un pianista allí, que imita a Nat King Cole.
–¿Qué quiere tomar, señora? –dice un hombre.
–¿Qué puede ser...?
–Joly, traé una copa de Lucera a la señora.
Lucera, digo en voz baja, y tomo la copa de un trago.
Escucho que el pianista toca *Mañana de carnaval*, y por primera vez en semanas cierro los ojos y me olvido de que no veo.

Toco con la mano el cuerpo de León bajo las sábanas.
León se vuelve y me dice que duerma.
Le digo,
–Me acuerdo de cuando estaba en la vereda de tu casa, y hacía girar el *ula ula* alrededor de mis caderas, y vos no me quitabas los ojos de encima, tenías las orejas coloradas, y tu mirada me gustaba. Recuerdo que me dijiste que nuestro amor tenía que durar lo que durasen nuestras vidas...
–Abrazame, me dice.
Abrazo a León, y siento que algo despierta en mí al contacto de su piel. León me acaricia las caderas, los

pechos. Le digo que quiero imaginar sus ojos. Le digo que quisiera que el placer no acabase nunca, y que, desnuda y abrazada a él, me gustaría desaparecer. Me duermo.
...Mirálos... Son tus padres, Déborah.
¿Verlos...? No. Ahora no, León...

Yo soy un cuarto oscuro, detrás de una cámara, que quiere captar en la oscuridad lo que es inaccesible a mis ojos.
¿Por qué aparece, de nuevo, la imagen de un tren que se aleja bajo la niebla?

Yo había sacado cientos de fotos: ciegos rodeados por la luz del día y videntes hundidos en sitios sucios y lúgubres. Buscaba en sus caras algún indicio que hiciera pensar al que las mirara. Ahora, la ciega soy yo.

León compra un bulldog: será mi lazarillo. Lo llamo Ulises. Ulises ladra enloquecido cuando yo disparo con la cámara. León dice que ladra cuando la luz del flash detona sobre su cabeza.

Escucho hablar en *iddish* y me detengo. Pido a León que me describa cómo es ese hombre que habla en el idioma de mis abuelos. Y León me dice que ese hombre es alto, que lleva anteojos de miope, tiene barba, patillas y sombrero de rabino, y usa un sobretodo de astrakán.
Mientras León describe al hombre, mis ojos recuerdan lo que vieron, y pienso que no he escuchado la palabra

astrakán en treinta años. Preparo la cámara, manejo al tacto profundidad de campo y luz, y luego de calcular la distancia que me separa del rabino, disparo.
    León dice que las fotos del rabino salieron bien. Pero mi rendimiento dista mucho de ser el de antes.

    Estábamos cenando y pedí a León que me alcanzara el salero. De pronto algo resonó, como un disparo dentro de mi cabeza, y una descarga de recuerdos atravesó mis ojos: sentí pasos que iban y venían, y otra vez ese ruido a vidrio molido que me hacía rechinar los dientes, y tuve miedo. Escuché la campanilla del guardabarreras y escuché el viento que amenazaba con volar el techo de zinc de la galería de mi casa, y vi a mamá, a papá y a la *bobe* que estaban quietos, como en una foto en blanco y negro. Algo leve de goce no recordado se apoderó de mí, y tuve ese miedo que se siente cuando se está en la oscuridad.
    Las lágrimas me quemaban los ojos, pero no estaba soñando: hubo un instante de luz y vi a León frente a mí.
    Ceguera súbita, dijeron que tuve.

    Ahora que mis ojos ven, voy a terminar de armar la muestra de fotos: esa mirada insatisfecha y excitada del que mira y no ve lo que debería ver.

    Trabajo sin pausa en el armado de la exposición.
    Hacía más de tres años que buscaba miradas con la máquina de fotos. No era fácil encontrarlas. Hay personas que fijan su atención en cosas insospechadas por los otros. No necesariamente alguien que mira así es un *voyeur,* no

siempre espía una escena erótica, aunque siempre parezca enceguecido con eso que codicia: les tiendo un cerco y tan pronto los tengo conmigo me apodero de ese gesto lujurioso que, las más de las veces, se dibuja alrededor de la boca y que precede el mirar absoluto que yo busco. A veces y sólo a veces, puedo captarlo.

Les disparo a mansalva, en el momento más íntimo de su deseo, cuando los ojos adquieren una intensidad devastadora y se transforman en un solo ojo.

Encuentro a un muchacho que limpia un gimnasio al que concurren mujeres. Tiene cara de inocente y se la pasa montado en una escalera de pintor, y limpia con fruición el vidrio de una claraboya que da al baño del gimnasio. Yo voy allí sólo para fotografiarlo. Los ojos se abisman por la claraboya: no mira, atraviesa lo que mira.

He encontrado a otro: un hombre de unos sesenta años que siempre frecuenta el mismo bar, a eso de las diez de la mañana. Toma café y los ojos le asoman por arriba de la tacita. Gatillo cuando se complace en atrapar con su mirada a un jovencito rubio que frecuenta el bar. Han sido los ojos más febriles que jamás he visto. Parece escapado de *La muerte en Venecia*.

Sorprendo a una mujer que trata de seducir a un chico. Los ojos de esa mujer son los de una soñadora. Luego, en una repartición pública y, por azar, reconozco en la cajera a la fisgona del bar, sólo que esta vez la mujer está detrás de la ventanilla y no seduce a nadie con su mirada.

Me la llevo dentro de mi *Pentax*.

Subo a un ómnibus. Hay una chica que usa minifalda y que está parada al final del pasillo, y hay un viejo que la mira, voraz. El viejo ha depositado, con disimulo, una bolsa a los pies de la chica. Me acerco y veo que dentro de la bolsa hay una cámara accionada apuntando bajo su falda.

Saco una foto a la muchacha que trabaja en una farmacia de la calle 9 de Julio. Tiene la piel blanca como el pelo. Recién cuando aparta la vista puedo ver sus ojos insondables y su blancura. Parece que se va a borrar en cualquier momento, pero cuando habla con un cliente, vuelve a tomar espesor. No es albina como se podría pensar. No sé cuántas veces le disparo.

La gente que ha visto las fotos de esa muchacha dice que tiene deseos de seguir mirándola, y algunos dudan de que esa muchacha haya estado allí, en el papel.

Camino al cementerio, me hundo de nuevo en aquel texto que de niña leía, con avidez,

> *Ella duerme. Miro por un rato sin resentimiento su pelo revuelto y su boca entreabierta oyendo su respiración profunda. De manera que ella tuvo un amor así en su vida: un hombre la amó tanto que murió por su causa...*

Pido un cigarrillo al taxista. Contemplo el agua y los juncos en los esteros y pienso que es el agua y que son

los mismos juncos que vieron los míos cuando estaban vivos, y pasaron por este camino.
Hay un hombre en la banquina. El hombre tiene el cuello del impermeable levantado. Es papá que otra vez cruza por mis ojos, por mi recuerdo.

La *bobe* no está, y yo me pongo a hacer los deberes, y escucho que pasa un tren, y papá me grita desde la salita, *cuidá de mamá que no se escape*, pero ya es tarde; la puerta de su pieza está abierta y el corazón me galopa, las piernas me tiemblan, escucho el pitido de la locomotora, *¿y si mamá se tiró a las vías?* Corro a buscarla bajo la niebla y la encuentro en el terraplén, tumbada, al lado de las vías, comiendo tierra. Cuando me acerco, mamá me mira como una niña asustada. Apenas un quejido, y se deja llevar a casa.

Yo la acuesto y se hace un largo silencio, hasta que escucho los pasos de papá que me dice, *andá, amor, de mamá ahora me encargo yo*.

Ahora necesito ver las imágenes en movimiento.
Lloro por todo lo que no lloré.
Sigo buscando a mamá en la niebla: aún no es completamente noche.

No alcanzan las palabras que recuerdo. Hay algo en la memoria que llega con la rapidez de la luz, pero que no sé y no digo. Y cuanto más recuerdo, más lejos me parece estar de la infancia, y sin embargo, nunca, antes, he estado tan cerca.

No soy esa niña y, sin embargo, soy la niña, ya vieja, que hace memoria. Esos cientos de días ya distantes, han vuelto a acercarse, y son como sombras que se alargan dentro de mí, entre sonidos y voces que van y vienen, incesantes.

El taxista me pregunta de dónde vengo y yo le pregunto cuántas leguas faltan para *La Capilla*.
Dice,
–Ingeniero Sajaroff se llama, ahora, señora.
Yo le digo que lo sé. Que sé eso.
El taxista me pregunta,
–¿A quién tiene enterrado allí?
Yo le digo que cierre la ventanilla porque me estoy mojando. Huelo a tierra mojada.
El taxista me dice que esa fosforescencia que se desprende de la tierra, al final, sobre el horizonte, es una luz mala.
La mañana avanza, mientras escucho ruidos confusos y veo tres figuras fugaces que estallan en el aire y enseguida se desvanecen.
Yo sé que faltan apenas unas leguas para el cementerio. Miro por la ventanilla del coche: los árboles parecen moverse. Son lo único que quedó, y están intactos, los eucaliptos. *Cuando llegue al cementerio voy a sentarme en el banco, al lado de la bomba de agua...*

... La cámara filmadora va a detenerse en cada una de las tumbas, en cada inscripción, en cada lápida y, luego, una voz en off va a hablar de esos hombres y de esas mujeres, de los pogroms, *del zar Nicolás II, y después de hacer un barrido, voy a abrir sobre el puerto de Buenos Aires: la llegada de los inmigrantes y seguiré a un hombre hasta donde tenga que ir... y zoom sobre la estación de tren...*

y zoom sobre un alero y enseguida los colonos, la plaga de langostas y cerrando el diafragma, abriré con el cuento de Eichelbaum, El viajero inmóvil, *la voz en off. Después del* flashback, *una mujer de la generación de la* bobe *hablará de su vida y luego, quiero poner una serie de fotos de mamá, a caballo del* racconto.

El taxista me dice que estamos llegando y que el cementerio está abierto hasta el mediodía.

Quiero sacar a la luz esos dos años en los que mamá estuvo tan enferma, y quiero verme caminando por el andén de la estación de tren. Quiero que mamá, papá y la *bobe* viajen conmigo en un coche de alquiler, parecido al que me lleva a mí ahora, y que papá hable con el taxista del secuestro de Fangio, y que mamá y la *bobe* hablen acerca de tía Berta y yo escuche a papá decir, *vamos a llegar tarde,* y yo tenga diez años.

Después, que hablen de lo que tienen que hablar el tiempo que necesiten, para decir lo que no pudieron decirme entonces.

Cuando bajo del taxi, un hombre me pregunta,
—¿A quién busca?
—Busco la tumba de *Lete Resler* —le digo.
El hombre me hace seña para que lo siga.

Rastrojo. Niebla. Silencio.

El arresto

A Ady

El ocultar las cosas es lo que las hace pudrirse…
JOHN DOS PASSOS

Il faut imaginer Sisyphe heureux.
ALBERT CAMUS

| En la arrocera |

Vasili y Ana Finz llegaron a Villa Clara con los inmigrantes que trajo el Barón Hirsch, a fines del siglo diecinueve. Finz se inició en el trabajo de la tierra como aguador de arrozal y aprendió el oficio de arrocero. Al nacer Lucien, Ana murió de eclampsia durante el puerperio. Finz arrendaba siete hectáreas con una casa de adobe y un galpón. Un ama de leche amamantó al chico hasta que cumplió un año y, después, los otros hijos de Finz se ocuparon de criarlo. El muchacho creció en la arrocera, con la seguridad que le habían dado su padre y especialmente Max, el hermano mayor. Cuando Lucien no podía conciliar el sueño, Max le hablaba de los cardos que a esa hora cerraban su flor morada, de los terraplenes donde cultivaban el arroz, de las mojarras del arroyo y tarareaba, moviendo la cabeza, el canto del cosaco: *ayaya, yaya, yayaya*...

Lucien miraba el cielo sin luna y pensaba que dentro de esa oscuridad estaba su madre.

Max le contaba, también, la historia del emperador que se paseaba desnudo creyendo lucir un rico traje, y una calma profunda invadía al niño y quedaba dormido.

Con las faenas de la tierra los brazos de Lucien se hicieron poderosos.

Lucien, hay que dar vuelta el pan de tierra, hasta que quede esponjoso, le decía el padre.

Los Finz se protegían del sol bajo la sombra de un eucalipto, y almorzaban alguna cosa frugal, tendidos sobre el pasto. Apenas echaban un sueño y seguían trabajando. Con la entrada del sol comían con fruición, y bebían apenas una copa de vino, y hablaban de algún asunto baladí. Después, se iban a descansar.

Lucien prefería caminar un rato, antes de que el sueño lo venciera.

En el verano se escuchaba la enérgica voz de Vasili que llamaba a los hijos y les advertía:

Va a venir la lagarta militar. Busquen a González, que cure de palabra a la lagarta.

Pronto el arroz maduraba y se podían escuchar los gritos del muchacho que llamaba al padre y a sus hermanos, para que vieran la floración.

¡Noé, Max, vengan a ver las espigas!

Cuando la cosecha era buena, los arroceros de las colonias vecinas se congregaban en torno a la casa de los Finz. Un tropel de músicos con acordeones a piano y timbales hacía sonar los primeros compases del *cosachok*. Max era el primero que se paraba en medio del corro de muchachos y con el pecho desnudo, abierto de brazos, daba un salto impetuoso y empezaba la danza en cuclillas golpeando el suelo con las herraduras de las botas. Después, hacía un giro en el aire, caía de nuevo en cuclillas, y continuaba bailando con gracia y desenfado.

Viejos respetables, judíos rusos, se plegaban a la danza cosaca y con pasos poderosos, como si se dejaran llevar por un placer irrepetible, cantaban, *yaya yayaya...*

Lucien contemplaba todo, con la cabeza llena de ruido.

Llovía desde hacía una semana y los caminos estaban anegados y el arroyo Malo desbordaba; ni siquiera los caballos podían cruzar hasta la otra orilla. Lucien caminó de la mano de su padre: no tenía más de once años. *"Escucha el pampero, Lucien,* dijo usted, con la cabeza inclinada, queriendo que yo escuchara el sonido preliminar del viento.
Vasili tenía la vista fija en la arrocera.
¿Va a despejar, padre?, le pregunté yo.
Usted me dijo que iba a despejar.
La arrocera era una ciénaga. El agua nos llegaba a las rodillas. Una madera podrida y una yarará enroscada cruzaron ante mis ojos; una rata muerta y un nubarrón flotaban en el agua que continuaba su empuje furioso por encima de los terraplenes.
Vasili, usted dijo que estuvo toda la noche contemplando la lluvia que caía y dijo haberse levantado de la ruina más de una vez. Pero había muchas cosas que usted no dijo..."

Así como la lagarta militar terminó el grano en unas horas; así como la lluvia lo pudrió todo, así también los Finz no eran gente que se diera por vencida.
Preparen todo que mañana nos vamos.
¿Pero adónde?, preguntó Max.
A arrendar el campo que me ofrecieron en Carlos Casares. Probaremos sembrar trigo.
Carlos Casares también está inundado, dijo Noé.

No querés sacrificarte, dijo Vasili, la voz ronca, la mirada clavada en Noé.

Lucien recordó que la palabra de su padre era sagrada.

"Vuelvo a verlo a usted padre, absorto, refugiado en el silencio, caminando despacio por el borde del canal. *La cosecha está perdida,* dice. El sol se ha escondido, la arrocera está fangosa, huele a vómito. No hay viento. La tarde cae apacible. Escucho el graznido de una tijereta que cruza el aire y hay moscardones azul eléctrico que zumban por todos lados. Veo la negritud del cielo a lo lejos, escucho a los perros que lloran, y a usted, padre, que murmura, *y qué puedo hacer yo...*

Durante más de tres horas recorrimos la arrocera anegada.

¿Cómo está el nivel del agua en la varilla?, preguntó usted a Max.

¡Mierda, sigue subiendo...!, dijo él.

¡No hable así, está perdiendo la decencia!, dijo.

Max le gritó,

¡Cree que sigo siendo ese niño a quien usted obligaba a acostarse al sol sobre una chapa de zinc caliente porque se negaba a obedecerle. Humillarse y sufrir, es lo único que le gusta!

¡Basta! Dígame que mis esfuerzos no fueron en vano..., dijo Vasili.

Y se alejó de la arrocera.

El lamento de una lechuza perturbó la tarde que caía. Miré hacia el cielo y tuve miedo; lo vi todo rojo, todo sangre.

Vayamos a descansar y volveremos en cuanto baje el agua, dijo Noé.

¿Dónde está Lucien?, preguntó Max.

Pero yo que era un niño que había escuchado todo, me alejé sin decir nada. Sólo volví la cabeza, cuando sentí los brazos de Max que me envolvían.
¡Ey, Lucien, respirá hondo y chupate el viento para adentro y subite a mis hombros, voy a llevarte a babuchas!
Y me subí a sus hombros y nos fuimos trotando hasta casa."

"Mirá, Lucien, por allí va a venir el Mesías trayendo paz y justicia, dijo usted. Y yo que era un niño temeroso de Dios, creí verlo llegar, montado en su alazán blanco. Su cara delgada y su barba larga desaparecieron en cuanto abrí los ojos: Me quedé insomne, padre."

Lucien caminaba por la arrocera, cuando escuchó que alguien cantaba una balada en el dialecto de los abuelos y la sintió como una amenaza:
...Voy de viaje en trineo, / a través de la estepa nevada, / los lobos me pisan los talones...
La tierra retumbaba en sus oídos. Oyó un rumor sordo. Apuró el paso. Era seguro que la tormenta haría estragos en el semental. Al llegar a su casa escuchó que el viento empezaba a agitar con violencia los árboles. Max no había vuelto y tuvieron que esperar que la tormenta y la lluvia cesaran para buscarlo. Lo encontraron en la arrocera, exánime, con el cuerpo quemado y cubierto de barro, un rayo le había caído encima. Lo llevaron en brazos hasta la casa.

Pónganlo en el sofá con la cabeza hacia aquí. Hay que quitarle la camisa, tiene quemado el pecho, dijo Vasili, pero no tardó en darse cuenta de que Max estaba muerto y se arrojó sollozando sobre su cadáver. Lucien se ahogaba y Noé no podía pronunciar más que sonidos entrecortados.

Cerraron el ataúd y lo cubrieron con una tela negra que tenía una estrella de David en el centro, y lo velaron en el comedor de la casa. Lucien estuvo aferrado al cajón, mudo, sin poder llorar, hasta que Vera, la mujer de Noé, lo tomó de la mano y lo sacó de allí.

Los colonos, vestidos de luto riguroso, permanecían agrupados en la puerta de la casa de los Finz, con las caras rudas, llenas de estupor, hablando de él como si viviera.

Una mujer robusta y vieja irrumpió en el velorio y se abrió paso entre la gente. Dijo que había sido maestra de sexto grado del muchacho. Cuando ella vio el ataúd, un leve gemido salió de su garganta, miró a un colono que estaba a su lado y le dijo que Max era un niño rápido para los números y enseguida se fue.

Lo enterraron en el cementerio de la colonia, según la Ley de Moisés. Vasili rezó con fervor frente a la tumba del hijo y nombró a su padre, la voz apesadumbrada. Lucien se quedó mirando los cipreses: la sombra de sus ramas temblaba en el suelo. Vio una isoca que salía de una tumba y pensó que también en ese lugar los gusanos se hacían amos de los muertos.

Libro primero
Vera

Era tarde cuando la mujer de Noé entró con un tazón con leche y unos pancitos con semillas de amapola y le dijo, *comé. No comiste en todo el día, Lucien.*

Lucien le miró el nacimiento de los pechos que se insinuaba por el vestido y se llevó un pancito a la boca. Vera se le acercó y le acarició la cabeza. Él tenía los ojos febriles y trató de dominarse, pero las manos de ella llevaron sus manos hacia el escote del vestido, y Lucien tocó los pechos de la mujer que casi podía ser su madre.

Durante la cena, Lucien se reía de cualquier cosa.

¿Qué te pasa?, le preguntó Vasili.

Nada... nada...

Lucien dijo que ni bien terminara el colegio secundario estudiaría medicina en Buenos Aires. Vasili le aseguró que su hermano Boris lo ayudaría.

Vasili dijo que no iba a permitir que Lucien se quedase enterrado en una aldea, *en esta maldita arrocera llena de isocas.*

"Hacía mucho que usted padre había pasado los cincuenta años, y todos en casa creíamos que le gustaba alguna mujer aunque usted lo negara. No quería admitir que un hombre que amó a mi madre, pudiese amar a otra mujer."

Vera dice a Lucien que Noé nunca está en la casa: *le escapa a su casa, trabaja sin descanso en la arrocera.* Lucien, aturdido, repite, *toda Villa Clara habla de nosotros, menos Noé.*
Lucien quiere olvidarse de ese cuerpo. Apenas puede, cerrando los ojos, reconstruir la cara, los pechos de Vera, que ahora se esfuman de su cabeza.

"Soñé que Noé y yo salíamos a buscar a Max en medio de los relámpagos que iluminaban la arrocera, y yo creía ver a mi madre entre las espigas de arroz: el viento arremolinaba su pollera, y corría hacia ella confundido, y la apretaba contra mi pecho: su cabello rozaba mi cara, mi cuello, y un olor carnal, insistente, salía de su cuerpo. De pronto me encontré con los ojos de Noé, clavados en mi cara, y me faltó el aire al darme cuenta de que esa mujer era Vera.
Cuando salí del ensimismamiento, me acordé de esa viuda que le escribía cartas de amor a usted, padre. ¿Cómo se llamaba esa mujer...? Le encontré una carta, se llamaba Matilde... y usted le decía que tuviera la bondad de no escribirle más.

Miro de nuevo la hoja de papel y su firma cae con una rúbrica que no voy a olvidar.
Lo veo otra vez, Vasili, está inmóvil junto a la ventana, incapaz de pronunciar una sola palabra. Después, se lleva a la boca una semilla de girasol y sólo se escucha el escupitajo cuando arroja la semilla al suelo.
Padre, ¿por qué no se casa de nuevo?, le pregunto.
¿Yo?... ¡Soy un viejo...!, y se ríe como pocas veces lo vi hacerlo."

Vera y Lucien están acostados desnudos sobre la paja. Vera lo besa y le dice que lo va a comer y ríe. Hace apenas unos minutos que Lucien ha gritado de placer y ahora cierra los ojos y todo él es apenas esa turbulencia de sangre que late en su cabeza y ya no sabe si está dormido o despierto.

Un bulto se mueve adentro de sus ojos. El bulto se disuelve en la oscuridad y la cabeza de Lucien gira. Lucien abre los ojos.

Vera vuelve a atraerlo a su lado en el lecho de paja y reclama ser amada de nuevo, pero Lucien se pone tenso, *tenemos que hablar*, le dice. Vera se escurre de su lado, se viste y Lucien se pone los pantalones. En ese momento escucha a Noé que llama a Vera. Vera sale a su encuentro,
¿Algún problema?
Te buscaba, dice Noé.
Noé ve a Lucien en la puerta del galpón y palidece y le dice con rudeza, que se ponga a estudiar, que no pierda el tiempo como un señorito.
Lucien murmura,
Noé se dio cuenta...

Noé pregunta a Lucien si vio a Vera, Lucien dice que no la vio. Vasili aún no ha llegado y Noé y Lucien se sientan a comer uno frente al otro. Lucien no habla: le basta con mirar a Noé a los ojos para darse cuenta de qué le ocurre a Noé. El silencio es insoportable y Lucien se ríe con una risa forzada, torpe, que habla por él.

Noé le dice,

Dejá de reírte y mejor hablá, si no querés que te rompa la cara... dónde está Vera.

Entra Vera agitada, trata de controlarse y se esfuerza en pronunciar una frase que de algún modo la ponga a salvo,

Raquel me entretuvo... Enseguida traigo la comida, sólo tengo que calentarla.

Deja su abrigo en una silla y atraviesa el comedor, la pollera plisada que tiene puesta produce un leve susurro cuando camina. Vera tiene un aire de inocencia en la cara. El pelo oscuro le cae sobre los hombros. Lucien la esquiva. Vera se apresura a entrar en la cocina y cuando vuelve con la comida, mira a Lucien sin verlo.

Noé pregunta,

¿Queda algo de grapa?

Lucien se levanta de la silla y saca una botella de grapa medio llena. Noé no deja que Lucien le sirva, le arrebata la botella y toma un trago y pasea sus ojos desvalidos a uno y otro lado. Lucien se encuentra con la mirada de Noé y siente un escalofrío devastador.

Noé le habla de un colono que ha muerto ahogado, no es el Noé de siempre quien habla, está raro, dice que el viaje en bote por el río Uruguay fue demasiado peligroso y que el río estaba crecido. Lucien piensa que está en la estación de tren y que va a embarcar a Buenos Aires.

En ese momento entra Vasili y pide disculpas por llegar tarde a la mesa y se desploma en la silla y dice, *Ya pagué el jornal a la peonada, hoy mismo se vuelve a Corrientes. La cosecha ha sido buena. Brindemos por la cosecha.* Y Noé llena las copas y brindan.

Lucien toma una, dos y tres copas, la cabeza le late y se sumerge en un sopor. Un recuerdo se mueve veloz dentro de su cabeza. El viento sopla con furia y una rama de eucalipto golpea en la ventana de su pieza. Es de noche. Él es un niño que tiene nueve años y está en su cama cuando ve por el vidrio de la ventana, al hombre de la bolsa que lo amenaza: *cuando salgás te voy a llevar conmigo...*

No, no voy a salir, me quedaré aquí..., piensa.

El hombre de la bolsa se desvanece. Lucien se sobresalta y ve frente suyo a Vasili, a Vera y a Noé. Se retira de la mesa. Afuera vomita junto a los lirios. Después respira el aire fresco y mira la Cruz del Sur que está aferrada a ese cielo. Lucien no se va de ese lugar hasta que amanece.

A la mañana siguiente los Finz toman leche con pan y queso antes de ir a la arrocera. Vasili pregunta a Lucien qué le pasa.

No le pasa nada, dice Noé.

Lucien contesta que no ve la hora de irse a Buenos Aires.

Después, Vasili le recuerda que tiene que hablar con Mister Care y moja el pan en la leche y con la boca llena, habla de Alfredo Antik que va a casarse con una *goy* y mira a Lucien con desconfianza.

¡No se puede creer!, exclama Vasili.

Noé dice que no le extraña que en Villa Clara ocurran cosas como ésas, y afirma que hay gentiles sin escrúpulos,

como también hay judíos asquerosos que se llevan a la cama a las mujeres de sus amigos.
Vasili se pone furioso y prohíbe a Noé que diga *esas cosas* delante de Vera, y se arranca de un tirón la servilleta de su cuello y sale.
Es mejor callar, dice Noé.
Lucien no dice nada.
Vera se retira de la mesa y se va a la cocina.
Noé le alcanza un libro a Lucien y Lucien lee,
I. Libros y putas pueden llevarse a la cama.
II. Libros y putas hacen pasar bien el tiempo. Dominan la noche como el día y el día como la noche.
III. Libros y putas: nadie entiende que para ellos los minutos son preciosos...
Lucien tiembla mientras lee con un temblor que sólo es perceptible para él.

Vera entra al comedor con el puchero y Noé prueba la carne y dice,
¡Esta carne huele a mierda! Y pega con el puño sobre la mesa. Y se pone de pie. Los ojos de Noé atraviesan el cuerpo de Vera.
Apenas ella pronuncia una palabra que Noé vuelve a ponerse furioso. Vera se muestra dócil,
Perdoname, no quise alterarte.
Ella no tiene la culpa, dice Lucien.
No te metás, carajo..., gruñe Noé.
Y vos, puta, salí de aquí.
Silencio. La puerta se abre. Vasili entra y dice a Vera que los hombres tienen que hablar de trabajo y que haga el favor de dejarlos solos. Es la primera vez que se

muestra hostil con ella. Vasili ofrece arroz con leche. Lucien no come y Noé, cabizbajo, se restriega los ojos que están inflamados.

Un grillo entra por la ventana y se posa en la camisa de Lucien. El grillo no hace más que vigilar con sus antenas el suelo en el que está posado. De pronto el grillo se eleva por los aires.

¿De qué quiere hablar, padre?, pregunta Lucien.

Vasili dice que ya se olvidó.

El sol desaparece por detrás de la casa. La luna es un cuerno blanco. Lucien no puede formar una sola palabra porque no hay una sola palabra que exprese lo que siente.

"Dormitamos sentados sobre la paja. Max me tira monedas sobre el sombrero y cuando me sobresalto, él sale corriendo y yo le doy alcance, las manos atadas hacia atrás, y él me suplica que lo libere."

Estirado en el sofá del comedor, Lucien vuelve a preguntarse qué hacer para olvidar a Vera. Transcurre toda la tarde y él sigue en ese sofá, mirando fijo a través de las cortinas color crema. Lucien recuerda la noche en que su padre levantó la copa y brindó, *por Vera, la más hermosa muchacha de Colonia Clara.* Y él también brindó. Y brindó Noé, robusto como un animal feliz.

Pero Vera tiene ese olor que lo excita y ella lo sabe y Lucien lo siente en su cuerpo y en sus insomnios.

Lucien camina nervioso. Sólo escucha las voces de los segadores y el zumbido de las gavillas de arroz al caer al suelo. Va hasta el cementerio, hasta la tumba de Max, y abre el *Sidur* y lee,

מִזְמוֹר שִׁיר חֲנֻכַּת הַבַּיִת לְדָוִד. אֲרוֹמִמְךָ, יְיָ, כִּי דִלִּיתָנִי, וְלֹא שִׂמַּחְתָּ אֹיְבַי לִי. יְיָ אֱלֹהָי, שִׁוַּעְתִּי אֵלֶיךָ וַתִּרְפָּאֵנִי. יְיָ, הֶעֱלִיתָ מִן שְׁאוֹל נַפְשִׁי, חִיִּיתַנִי מִיָּרְדִי בוֹר. זַמְּרוּ לַיְיָ חֲסִידָיו, וְהוֹדוּ לְזֵכֶר קָדְשׁוֹ. כִּי רֶגַע בְּאַפּוֹ, חַיִּים בִּרְצוֹנוֹ; בָּעֶרֶב יָלִין בֶּכִי, וְלַבֹּקֶר רִנָּה. וַאֲנִי אָמַרְתִּי בְשַׁלְוִי, בַּל אֶמּוֹט לְעוֹלָם. יְיָ, בִּרְצוֹנְךָ הֶעֱמַדְתָּה לְהַרְרִי עֹז; הִסְתַּרְתָּ פָנֶיךָ, הָיִיתִי נִבְהָל. אֵלֶיךָ יְיָ אֶקְרָא, וְאֶל אֲדֹנָי אֶתְחַנָּן. מַה בֶּצַע בְּדָמִי, בְּרִדְתִּי אֶל שָׁחַת; הֲיוֹדְךָ עָפָר, הֲיַגִּיד אֲמִתֶּךָ. שְׁמַע יְיָ וְחָנֵּנִי; יְיָ, הֱיֵה עֹזֵר לִי. הָפַכְתָּ מִסְפְּדִי לְמָחוֹל לִי; פִּתַּחְתָּ שַׂקִּי וַתְּאַזְּרֵנִי שִׂמְחָה. לְמַעַן יְזַמֶּרְךָ כָבוֹד, וְלֹא יִדֹּם; יְיָ אֱלֹהַי, לְעוֹלָם אוֹדֶךָּ.

יִתְגַּדַּל וְיִתְקַדַּשׁ שְׁמֵהּ רַבָּא בְּעָלְמָא דִּי בְרָא כִרְעוּתֵהּ; וְיַמְלִיךְ מַלְכוּתֵהּ בְּחַיֵּיכוֹן וּבְיוֹמֵיכוֹן, וּבְחַיֵּי דְכָל בֵּית יִשְׂרָאֵל, בַּעֲגָלָא וּבִזְמַן קָרִיב, וְאִמְרוּ אָמֵן.

יְהֵא שְׁמֵהּ רַבָּא מְבָרַךְ לְעָלַם וּלְעָלְמֵי עָלְמַיָּא.

יִתְבָּרַךְ וְיִשְׁתַּבַּח, וְיִתְפָּאַר וְיִתְרוֹמַם, וְיִתְנַשֵּׂא וְיִתְהַדָּר, וְיִתְעַלֶּה וְיִתְהַלָּל שְׁמֵהּ דְּקֻדְשָׁא, בְּרִיךְ הוּא, לְעֵלָּא (לְעֵלָּא) מִן כָּל בִּרְכָתָא וְשִׁירָתָא, תֻּשְׁבְּחָתָא וְנֶחֱמָתָא, דַּאֲמִירָן בְּעָלְמָא, וְאִמְרוּ אָמֵן.

יְהֵא שְׁלָמָא רַבָּא מִן שְׁמַיָּא, וְחַיִּים, עָלֵינוּ וְעַל כָּל יִשְׂרָאֵל, וְאִמְרוּ אָמֵן.

עֹשֶׂה שָׁלוֹם בִּמְרוֹמָיו, הוּא יַעֲשֶׂה שָׁלוֹם עָלֵינוּ וְעַל כָּל יִשְׂרָאֵל, וְאִמְרוּ אָמֵן.

Después, cierra el libro de rezos.
Los loros cotorrean en las palmeras, presagiando una tormenta.
Lucien está sentado en una piedra, sus ojos resbalan por un picaflor que liba en una marimonia. El picaflor se aleja como barrido por el viento.

Vasili sacó un vaso con guardas griegas y lo limpió cuidadosamente con la punta de su camisa, y le sirvió unas tostadas con manteca. Noé se restregó los ojos inflamados y no dijo nada.
Afuera, el viento hacía sentir su filo, y las flores de escarcha quemaban la arrocera.
Vasili dice,
También el dolor pasa Noé, y se queda mirando fijamente el vacío, como si pensara que ese hijo también se iría y solamente le restara esperar a que la puerta se cerrase por última vez.
De pronto Vasili agrega,
El té se enfría.
Y los dos hombres solos se inclinan sobre la mesa y en silencio beben té.

Trilogía de Entre Ríos

"Usted dice que no hay otra tierra generosa como ésta. ¿Por qué idealiza todo, padre? Tal vez sea porque usted dejó de ser consciente del suelo que pisan sus pies. Se olvida que aún no somos habitantes de este país; apenas si somos sus ocupantes..."

Cuando Mister Care se enteró de que Lucien iba a Buenos Aires, le entregó una carta de recomendación para un tal Melgarejo que le daría trabajo. Mister Care tenía a su cargo el control del ferrocarril General Urquiza y conocía a los Finz.

Cuando le digas que vas de mi parte, Melgarejo no te va a decir que no, dijo el inglés mientras se abotonaba su redingote.

Le escribiré, padre, dijo Lucien, y el padre despidió al hijo llenándolo de bendiciones.

Era domingo y Lucien caminó un rato por el puerto. Contempló un barco de pasajeros con bandera italiana que estaba amarrado a una de las dársenas.

Todavía resuena en sus oídos la voz de Max que le dice, *... los canales que llevan el agua a la arrocera están encaminados...*
Y aún cree escuchar la voz del padre,
... Hay que mantener la arrocera con agua, inundada cinco centímetros, noviembre y diciembre...
Escucha el murmullo del arroyo, y el chirrido estridente de los patos silvestres y sus aleteos sobre el espejo de agua.

"Usted, padre, dijo que vino con mamá en el *Wesser*, y que el apellido de mi madre era Yagupsky. Dijo también que *Yagu* es un árbol que crece en la estepa rusa y que atrae los rayos, y que *sky* quiere decir *hijo de*.

"Max murió quemado por el rayo y creí que había muerto porque era hijo de ese árbol que fue mi madre, y pensé que también yo podía morir de ese modo... Pero me gustan las tormentas..."

"Noé dijo que mamá permanecía doblada sobre la batea, dando jabón a la ropa, y que después se secaba las manos sobre el delantal que llevaba puesto y se ponía a leer unas hojas que tenía escritas. Noé dijo también que, un día, aquellas hojas volaron como tijeretas y lo siguieron a usted con otros pájaros, por detrás del arado que usted conducía."

Sentado en su pieza de la calle Azcuénaga, con la lapicera en la mano, Lucien se ve de nuevo con la pala hundida en la tierra barrosa, sacándola llena de isocas.
... *El agua se escapa y vamos a perderlo todo.*
El aire huele a cieno. La lagarta verde avanza sobre el arrozal, como si fuera un regimiento que asuela una región, la saquea.
¡Maldita lagarta militar, no va a dejarnos nada!
Unos teros llevan en el pico algunos gusanos. Las isocas dejan un tendal de brotes muertos.

"Creo verlo apoyado sobre el tronco de un eucalipto; su cara de tensa vigilancia, su propia soledad que se confunde con el silencio de la cuchilla. Todavía lo escucho decir que los campesinos judíos no conocen otra cosa que el arado y el libro, el libro y el arado, dice usted y lo vuelve a decir como si estuviera todavía bajo la vigilancia de los cosacos."

Boris Finz ordenó el cuarto del departamento de la calle Azcuénaga para alojar al sobrino. Boris vivía solo en un departamento del Once. Tenía sesenta y cinco años y guardaba un parecido notable con su hermano Vasili, el cuerpo delgado, la piel blanca, los dedos finos y largos, los ojos claros de judío eslavo. Era un hombre prudente y al mismo tiempo imprevisible. Trabajaba para el Sindicato de Artes Gráficas. Era redactor de *La Protesta* y tenía unos ahorros escasos.

Lucien empezó a leer todo lo que el tío le dejaba caer en las manos: le gustaban los cuentos de misterio y acababa de leer *Los crímenes de la calle Morgue*.

"La carta de recomendación de Mister Care fue decisiva para mí. Estoy trabajando como oficinista en el ferrocarril y tengo la tarde y la noche para estudiar. El señor Melgarejo es buena persona y está conforme conmigo, y yo estoy conforme con él. Pero es difícil acostumbrarme a Buenos Aires.

Me gusta entrar en los bares de una calle que se llama Triunvirato, pedir un café y mirar a la gente cuando habla de algún asunto que no me pertenece. Estoy como si usara el reloj sin darle cuerda. En el campo el tiempo no pasa nunca mientras que en Buenos Aires todo ocurre demasiado rápido.

Hay muchas personas que humillan o hieren, cuando se dan cuenta de que uno no es como ellos. Pensaba en usted, padre, cuando me advirtió que tuviese cuidado con la gente de la ciudad.

Tío Boris me hospedó en su departamento, pero dijo que no va a poder alojarme mucho tiempo. Me doy cuenta de que a tío apenas le alcanza el dinero. Voy a pagarle hasta el último centavo que le deba: le doy mi palabra."

"Soñé que había encontrado a Max y él me preguntaba si era cierto que yo había vuelto a Villa Clara solamente para que él me insultara. Después, Max llamó a un hombre corpulento que estaba de espalda a mí y le dijo que me llevara. Yo me preguntaba dormido quién podía ser ese hombre. El hombre se reía, y me decía, *juif, juif*... hasta que pude despertarme."

Lucien salió a la calle. Había empezado a llover. Evitó las zonas oscuras. Enfiló por Triunvirato y cruzó frente a un hotel. El zaguán tenía la puerta cancel abierta y se escuchaba el teclear de una máquina de escribir. En Canning vio un bar abierto y entró. Estaba repleto de gente y Lucien pidió un café en la barra. Miró el reloj: eran las dos y cuarto. Los ojos de Lucien se fijaron en una mujer de pechos grandes que tenía cara de querubín, el pelo enrulado, el vestido ajustado al cuerpo y la boca pintada de rojo. Olía a perfume barato. La mujer se acercó a Lucien y le preguntó: ¿*Sos provinciano vos?* Hablaba, ronca, como alguien que acostumbra a vivir de noche. La mujer dijo que Lucien le caía bien, y le dijo al oído que no le cobraría caro. Lucien volvió a mirar a la mujer: un cosquilleo le atravesó el cuerpo. Las piernas largas le recordaron las de Vera. La mujer lo tomó del brazo y salió con él a la calle. La cruzaron y Lucien se encontró en un pasillo y escuchó el ruido de una llave en la cerradura de una puerta y de pronto se vio en una pieza donde había una cama grande separada de una letrina por una cortina sucia de cretona.

¿*Querés tomar una cerveza...?*, dijo la mujer y empezó a desnudarse y él se quedó mirándola sin hablar. Pero la mujer que Lucien miraba no era la que quería ver. Ella se le sentó en las rodillas y le acarició la cara y luego descendió por el pecho y cuando quiso ponerle la mano adentro de la bragueta, él la detuvo. Ella dijo, *No seás zonzo, y sacate el pantalón.* Y lo esperó tendida en la cama. Lucien dudó. *Vení,* dijo ella. Lucien le recorrió las caderas con las manos, y enseguida se apartó.

Sos el primer hombre que no quiere sobarme, dijo la mujer.

Un minuto después, Lucien salía del cuarto dejándole sobre la mesita de luz un dinero.

Caminó hacia Gurruchaga. El aire fresco le daba en la cara y le hizo bien. Recordó cuando andaba a caballo y rodó por el suelo, esa tarde calurosa de febrero, hasta que llegó Vera y él la miró a los ojos, y ella le dijo que no era profunda la herida. Ella tenía puesto un vestido azul marino, y

Lucien entrevió la carne bajo el viso, los pezones oscuros a través del encaje, y apoyó la cabeza sobre sus pechos, silencioso, y escuchó el latido de su corazón, que era como el rumor del agua que corría por la arrocera.

Eso fue después de que Ernesto Banchik dijera a Lucien que Vera engañaba a Noé, pero Ernesto Banchik no quiso decirle con quién. Lucien lo conocía bien a Ernesto: no era de los que gustaban hablar de más.

Lucien recuerda que la esperó en su pieza. Pero cuando la vio entrar, con un vestido claro de mangas cortas, corrió a su encuentro y la besó en la boca y le dijo que si fuera su mujer la haría llevar las mangas largas como una *bobe*. Vera se rió. Lucien bajó su mano por el cuello de ella y la apretó contra su cuerpo y la besó febrilmente en el cuello, y le dijo,
Sé que tenés otro...
Vera le dijo que se dejara de hablar estupideces.
Lucien abrió la puerta de la pieza,
Andate, le dijo.
Vera iba a decirle algo, pero Lucien volvió a decirle *andate*.
Vera salió y Lucien se vio como un niño que ardía de rabia.

"Pensé que era viernes y que usted estaría en el templo rezando la Oración de los Muertos. Me dolía todo el cuerpo, el baúl era demasiado pesado. Hice un alto en el camino, y me quedé contemplando cómo caía la tarde en la arrocera. Después, me encaminé hacia la estación de tren."

La sala de espera estaba iluminada apenas con una lámpara de kerosene. Algunos colonos se estrechaban la mano, anticipándose al año nuevo. Entre los colonos estaba un arrocero amigo de su padre, y cuando Lucien fue a saludarlo, el hombre le dio la espalda.
Lucien abandonó el lugar y se instaló en el andén, y esperó.

"Ernesto Banchik me dijo que Vera se acostaba con Marcos Barg, y que los había visto en el pajonal. La tarde en que Vera se fue de casa, fue la tarde después que yo también vi a Vera con Marcos Barg, cerca del arroyo Malo, cuando regresaba de Basavilbaso."
El tren dejó la estación de Villa Clara. La arrocera cruzó por delante de sus ojos, recodos sinuosos, y el olor insistente a fango podrido. El tren atravesó un túnel y todo se oscureció. Pegó la cara al vidrio de la ventanilla y se hundió en el asiento. Y de nuevo vio el verde y la tierra negra que cruzaban por sus ojos como una sombra por su cara. El traqueteo del tren y el ruido que hacía el fuelle del vagón lo confundieron. Creyó escuchar el crujido de una cama de hierro y de pronto vio las manos de Marcos Barg

tocando el cuerpo desnudo de Vera, y Lucien se acercó lentamente, y cuando estuvo a un paso de Marcos Barg le confesó su amor por Vera, y Marcos, dueño de una generosidad que Lucien creía no merecer, le dijo que si los dos la amaban tanto, por qué no podían compartir los tres una vida juntos.

En ese momento el guarda le pidió el boleto y Lucien abrió los ojos y pensó que los sueños son siempre una mentira intolerable.

Lucien miró las líneas del teléfono que subían y bajaban sobre el fondo de nubes espesas. Caminó de una punta a la otra del vagón, cruzó el fuelle y estuvo paseándose por los coches sin poder soportarse. Volvió a su asiento y se puso a leer una revista.

Caminó por Canning. Tuvo que esquivar camiones y carros. El ruido de cada coche que pasaba lo ponía nervioso.

Era la primera vez que Lucien subía a un tranvía y tuvo miedo de que descarrilara. Cuando se dio cuenta estaba pensando de nuevo en Vera, pero no tenía ningún sentido que volviera a evocar a la mujer de su hermano. No era fácil mantener la determinación de no pensar más en ella. Por la ventanilla veía Buenos Aires que cruzaba a gran velocidad ante sus ojos. Y ahora contaba los minutos que faltaban para llegar a la oficina del ferrocarril. Al bajarse, pensó que no iba a ser fácil acostumbrarse a ese ritmo vertiginoso.

En la Facultad de Medicina conoció a un muchacho de tonada extranjera. Hablaron un rato y se pusieron de acuerdo en estudiar juntos. El muchacho le dijo que se llamaba Luigi Melle y que trabajaba en el matadero. Habló de su patrón, como si Lucien lo conociera.

Dijo que yo era un piojoso italiano y que no iba a pagarme ni un centavo.

Luigi Melle, los ojos fijos en la cara de Lucien, aclaró,

¡Dio cane...! Si yo soy un piojoso italiano, él no es más que un mísero holandés...

Hizo una pausa, y propuso,

Cuando venga la revolución nadie va a vivir del trabajo del otro y será como un sueño al despertar... Así lo dijo Enrico Malatesta... Dio cane... La Comuna fue lo primero...

Cada vez que se encontraban, Luigi Melle le hablaba de la necesidad de cambiar la sociedad, y Lucien lo escuchaba, pero tenía miedo de comprometerse con otra cosa que no fuese el estudio.

No me meto en política, le dijo, la cara tensa, tratando de parecer seguro.

Luigi Melle, antes de irse, dijo a Lucien,

Otro día hablamos...

El tío Boris le había dado unos volantes del Sindicato de Artes Gráficas para que repartiera entre sus compañeros de oficina. Al bajar del tranvía, se tropezó con un agente que le pidió que le mostrara el permiso para repartirlos: Lucien no supo qué decirle y salió corriendo y tiró los volantes en un tacho de basura.

Lucien apoyó en la mesa la *Fisiología* de Gley y antes de ponerse a estudiar miró por la ventana la noche oscura, y como si contemplase su niñez, creyó verse en el escondite preferido de su casa que se le acercó de un modo preciso.

"Estoy oculto detrás del cortinado, y me convierto en un bulto blanco que avanza con cautela. No tengo más de nueve años y escucho que mi padre y Max y Noé llegan a la casa y me escondo debajo de la mesa del comedor. Ellos no sospechan que yo estoy debajo de la mesa, o yo creo que no sospechan, y los sorprendo con un grito estridente y ellos se quedan petrificados. Y es probable que les anuncie que han quedado arrestados y que tienen que obedecer, y les digo que repitan conmigo, AVE CÆSAR IMPERATOR, MORITURI TE SALUTANT, y luego de que ellos repiten las palabras del César, yo los desencanto."

Boris Finz organizaba en su casa reuniones políticas con los compañeros del Sindicato de Artes Gráficas. Lucien los escuchaba hablar de solidaridad, de hacer un frente común de la clase trabajadora y aplaudían,
¡Por decentes salarios, por la revolución!
Lucien se negó a participar de las discusiones del tío y sus compañeros.
"... *El llamado a la huelga general tiene que frenar las masacres policiales y al burgués Vasena...*"
Esas voces lo irritaban. ¿Acaso con ese ruido infernal Lucien podía concentrarse en el estudio?
Salió a la calle. Caminó por Triunvirato sin rumbo fijo. Se detuvo bajo un alero y se puso un cigarrillo en la boca y se quedó mirando, absorto, el agua que corría por el desagüe.

Las luces de la ciudad se apagaron y cuando volvieron a encenderse, creyó ver la cara de Noé, pero enseguida la cara se desvaneció. La llovizna caía sobre la vereda. El ruido del tranvía que se acercaba lo sacó de su ensimismamiento. Al subir, vio a la vecina del departamento contiguo que estaba sentada frente a él. La vecina era una pelirroja que bordeaba los cuarenta años. Lucien le miró unas manchas violáceas en el cuello. Ni las manchas ni las arrugas alrededor de los ojos opacaban su hermosura. La mujer cruzó las piernas largas, llevaba unas medias de seda. Lucien la miraba a los ojos sin disimulo durante todo el viaje, y luego Lucien tembló cuando ella le devolvió la mirada.

Durante varios días se cruzaron en las escaleras y conversaban. La pelirroja le dijo que llegaba tarde al trabajo y que era cajera, sin precisar el lugar donde trabajaba.

Me llamo Amalia, dijo.

Fue la última vez que la vio. El cuerpo de la pelirroja era como un recuerdo doloroso que sólo se desvaneció de su cabeza con la rutina del trabajo.

Libro segundo
Né Dio né Padrone

Se calzó el sombrero que le había regalado su padre. Caminó hasta un quiosco y compró el diario, y se puso a leer la sección de anuncios: *Alquilo habitación a estudiante buena presencia.*

Aún no había dicho a tío Boris que se iría de su casa. Antes de decírselo, tenía que encontrar un cuarto en otro lugar: al día siguiente, iría a la pensión que le había recomendado Luigi Melle.

Caminó hacia la costanera y se quedó un largo rato mirando el río, borrascoso y turbulento, que golpeaba sobre el muelle. Lucien decidió regresar.

En el departamento de la calle Azcuénaga no había nadie.

Entró a su cuarto, eran las tres de la mañana, y se puso a lavar una camisa y un pantalón.

Colgó su ropa en la ventana del cuarto. Luego, abrió la *Anatomía* de Testut, pero no pudo concentrarse en la lectura. Se asomó por la ventana y vio luz en el dormitorio de la pelirroja: la sombra de un hombre gordo se recortaba por la ventana.

Tío Boris le había comentado, al pasar, que la pelirroja de al lado tenía un marido borracho. Tal vez fuera el marido la sombra robusta que se recortaba por la ventana. El hombre movía los brazos y gesticulaba como si amenazara a alguien. Lucien cerró las celosías y se acostó.

Aún tío Boris no había vuelto de *La Protesta*.

La lluvia cayó con fuerza durante la noche, los truenos hacían vibrar el vidrio de la ventana y Lucien no pudo pegar un ojo. A cada rato escuchaba el tintineo de la campanilla del tranvía esfumándose en un rumor sordo: *cerca, lejos, cerca, lejos...*

Lucien Finz subió al tranvía, y antes de tomar asiento se quitó el sombrero: quería llegar a la pensión que su compañero Luigi le había recomendado. Levantó la ventanilla y un aire caliente le golpeó la cara. La calle estaba desierta. El calor y la humedad se levantaban como una espesa nube sobre los adoquines.

"Todo ocurrió esa semana bochornosa de enero, padre."

De pronto, Lucien escuchó un ruido brutal y enseguida un fuerte tiroteo y saltó del tranvía. Le dijeron que una bomba había estallado en Nueva Pompeya y otra en el barrio judío. Se sintió aturdido, y recordó

Trilogía de Entre Ríos

cuando Vasili le hablaba del *pogrom* en el que su padre y su madre habían sido asesinados por los cosacos, y pensó, *aquí no puede haber pogrom...*

"Usted me habló de las penurias que vivieron bajo el zar Nicolás II y usted lo maldijo, y me repetía que no olvidara eso, si no quería que esas penurias se repitiesen. Yo me figuraba el zar Nicolás con la cara altanera y una boca llena de desprecio, semejante al retrato del estanciero que veía en mi libro de lectura de sexto grado. Ahora entiendo por qué usted, padre, me machacaba que tenía que estudiar más que nadie, *si querés ser alguien, Lucien, el estudio tiene que ser la razón más importante para vivir... Si estudiás, un hombre como el zar no va a nacer nunca en este país..."*

Un fuerte olor a pólvora sacó a Lucien de su letargo. Bajó del tranvía y escuchó voces. Desorientado, atravesó la calle. Se encontró con un grupo de obreros que levantaba una barricada y se alejó del lugar. Lucien vio un coche envuelto en fuego. Estaba allí y no podía dar crédito a sus ojos y a sus oídos. Hombres, mujeres y niños eran dispersados por la policía. Corrió entre piedras y balas. Había heridos tumbados en el suelo y escuchó sus gritos. Un hombre que estaba bañado en sangre pedía ayuda. Lucien lo tomó de un brazo, pero el hombre gritaba de dolor y no pudo moverlo. Lucien le dijo al hombre que se tranquilizara, que iba a buscar ayuda.

Cruzó la esquina y vio a una mujer que estaba tendida sobre la vereda: tenía la boca abierta, como si estuviese gritando, pero estaba muerta. La gente corría confundida y temerosa en medio del fragor, y también él corría, temeroso, sin rumbo, como todos los otros. En ese momento escuchó que de un megáfono se pedía a la población que despejara las calles y que volviera a su casa.

Contribuyan con la Policía, vamos a proceder con rigor aislando a quienes pretenden instalar el caos en la república...

Lucien se detuvo al ver la puerta de un almacén que estaba clausurada con un candado y no vaciló en forzarla y allí se refugió. Estaba temblando y había perdido el sombrero que el padre le regaló. Tenía la camisa pegada al cuerpo y sólo escuchaba su respiración. La frente se le cubrió de un sudor frío, y se aflojó la corbata y bajó por una escalera de hierro que conducía a un sótano.

Lucien no podía recordar cuándo había saltado del tranvía.

"Usted decía, padre,

El espartillo es invasor y compite con el arroz; hay que sacarlo con la mano, uno por uno.

Max, Noé y yo sacábamos el espartillo, uno por uno, y quedábamos rendidos y sin aliento, después de horas de faena bajo el sol.

Usted decía,

¡Cómo puede ser que mis hijos... se cansen de nada...!

Y usted, padre, se quedaba contemplando la arrocera que con la luz vespertina parecía un espejo."

Después, Lucien escuchó que abrían la tronera y dos policías entraron al sótano y sin darle lugar a que explicara qué hacía allí, lo esposaron y lo tiraron al piso. Uno de los uniformados lo insultaba. El hombre tenía los ojos torvos y la cara angulosa. Le gritó, *ruso*, y torcía la boca como si mordisqueara un limón. El otro policía que guiñaba todo el tiempo el ojo derecho, le gritó,
¡Catalán, hace tiempo que te buscábamos!
Y empezó a blasfemar,
Hijo de puta, huelguista, ruso...

"No voy a olvidar mientras viva su mano en alto esgrimiendo un fusil. Me sacó el reloj de oro que había sido de Max y el dinero y todo lo que tenía en los bolsillos. Uno de los policías me pegó una trompada en el estómago. Yo tenía la boca amarga y la cabeza vacía. Me faltó fuerza para decir una sola palabra.

Padre, me miraba como usted decía que lo miraban a usted, cuando llegó a Buenos Aires.

No nací en una buena época. Tengo que resistir, aunque mi vida siga siendo dura y angustiosa. Estoy como si hubiese hecho un largo viaje a caballo desde que nací. Buenos Aires no me va a obligar a renunciar a mi decencia.

Cuando el arroyo crece es traicionero, pero cuando uno mide el agua con el palo y vigila si el agua sube, sabe que puede desviarla por medio de la bomba y mandarla por la parte más alta. Voy a resistir, padre.

No tendría más de ocho años y me acuerdo que yo le decía que había visto al búho blanco que se llevaba en la boca a un ratón, y le advertía cuando las lauchas trituraban los granos con los dientes, y usted me tranquilizaba, decía que de las lauchas se encargaban los murciélagos."

Llevaron a Lucien a la Central de Policía. Eran cientos los detenidos. Lo tuvieron en medio de la lluvia hasta el anochecer. Un guardia se paseaba con el fusil en bandolera.

Tomaron sus datos, las huellas digitales y le dijeron que esperase.

Él dijo que su detención era un error, pero no lo escucharon.

A los pies del policía que lo vigilaba dormía un pastor alemán. El policía dijo que si el animal al despertar quería morderlo, era seña de que Lucien era un ruso anarquista. El sabueso abrió los ojos y ladró con fiereza y lo encaró.

Los perros no se equivocan, dijo el policía, y Lucien pensó que cuando los perros ladraban de madrugada en Villa Clara era seña de un mal presagio.

En algún lugar cercano a la Central de Policía había una radio prendida y se escuchaba un tango.

Lucien escucha pasos que vienen por el pasillo. Pasos de hombre que se arrastra cansado. Un espectro cruza lentamente delante suyo y lo mira. Las manos esposadas, un ente que hace pocos días se llamaba Luigi Melle. Lucien no hace más que buscarlo con la mirada; ojos huecos, agujeros vacíos. Está encorvado. Le clavaron agujas en la cara, lo golpearon brutalmente. El guardia lo empuja para que camine rápido y le grita, *¡vamos!*

Lucien entiende que en Buenos Aires no hay lugar para dos ideas. La ciudad es un lugar húmedo con su asfixiante aire estancado y una puerta de hierro que se cierra.

Sentado en un banco se quedó un largo rato, hasta que un hombre corpulento vestido con un traje de lino y zapatos flamantes, le abrió la puerta y lo hizo pasar a un despacho. El hombre bordeaba los cuarenta años. Apuntó su nombre en un expediente: sólo se escuchaba el rasgueo que la pluma hacía en el papel. Dijo, *Cuando trajeron su expediente, puse mi atención sobre su apellido. ¿De qué origen es…?* Pronunció el apellido Finz de un modo hiriente, y dijo que le hablara del plan maximalista contra el país.

Encendió el ventilador que había sobre el escritorio, puso la cara para que le diera el aire. Lucien repitió que estaban equivocándose con él.

Hable, Finz…

Unas franjas de luz se filtraban entre los postigos semicerrados.

Lucien intentó explicarle cómo lo habían apresado, pero el otro lo interrumpió en seco, *¿cuánto tiempo hace que trabaja para la causa…? Hable, si no quiere que las cosas se le pongan feas.*

"Max estaba muerto y usted Vasili le escribía cartas que guardaba en una caja de madera a la que yo iba a hurgar. Yo leí algunas cartas que usted escribió a mi hermano muerto, eran como una plegaria. Por esas cartas me enteré de que Max tenía doce años y todavía dormía en la cama con mi madre. Decía usted, padre, que era ella una mujer buena, que perteneció a una familia culta de Kishinev, y que temía por todos, salvo por ella misma. Al parecer ella nunca pudo acostumbrarse a vivir en la rudeza de Villa Clara. A usted, padre, ¿le importaba que su mujer no estuviese preparada para vivir como una campesina? Ella crió a Max y a Noé y en eso dejó parte de su vida. Yo que no la conocí pienso en ella ahora, tal vez deliro, pero sé que hay algo de mi madre en mí que no sé... Mis oídos creen escucharla murmurar en la penumbra de este inmundo cuarto, con un espeso sabor a sueño."

"Desde que llegué a Buenos Aires lo que me importaba era entender qué pasaba en el país, pero con la política yo no quería saber nada. Soy empleado del ferrocarril y no tengo tiempo para participar en las reuniones del sindicato. Algo me dice que el gobierno va a prohibir los excesos."

Cachorro de bacán / andá achicando el tren / los ricos hoy están / al borde del sartén. Y el vento del cobán / el auto y la mansión / bien pronto rajarán / por un escotillón. / Parece que está lista y ha rumbiado / la bronca comunista para este lado...

El hombre le advirtió que estaba incluido en una lista negra. Los ojos le brillaban como escamas de un pez, y dijo,

Tu padre vino de Rusia y pasó por el Hotel de Inmigrantes en 1898. En ese hotel había gente sucia y ruidosa...

El tono de su voz subió,

Y ahora, tengo frente a mí, a su hijo, un revoltoso ferroviario, que se aloja en "nuestra pensión", desde la madrugada del 10 de enero de 1919, y que va a explicarme de dónde sacó su padre ese nombre que le puso: Lucien. Qué nombre para un campesino...

El hombre de la Guardia Cívica sacó una pistola y la apoyó en la mesa y mientras Lucien se secaba con el pañuelo la sangre que le salía por la nariz, él jugaba con las manos en el gatillo de la pistola. Hacía comentarios sobre los judíos, sobre los anarquistas y sobre los italianos.

El hombre dejó caer la pistola sobre el mosaico y la pistola se disparó. Entonces el hombre de la Guardia Cívica lanzó una carcajada. Miró a Lucien y dijo,

Con que me tenés miedo, rusito de mierda. No me mirés con esa cara, que se terminó mi paciencia. No te pido que me contés a qué amiguita se la metiste y en qué burdel, lo que quiero es que te avengás a lo que te digo, si no te querés quedar el resto de tu vida a la sombra.

Luego, el hombre dijo, formal,

Hábleme de su amigo Luigi Melle, y de las reuniones en la confitería París.

Lucien se quedó callado y recordó que Luigi le leía a la poeta rusa,

... *Con esos ojos que ella tiene, / mejor yo pondré cuidado / en no mirarlos, pues uno / los tendrá que recordar...*

Después, el hombre de la Guardia Cívica le dijo: *Luigi Melle llegó de Italia hace dos años y habla el castellano con fluidez.*

Lucien admiraba en Luigi la firmeza que tenía para expresar sus ideas, y Luigi decía que admiraba en Lucien el modo que él tenía de aferrarse a las cosas reales y perdurables.

Lucien dudó si era él quien iba en el tranvía en busca de la pensión donde Luigi se hospedaba, o era otro, cuando empezó todo, esa mañana húmeda y calurosa de enero.

¿Sabe que Luigi Melle asaltó una armería?, siguió diciendo el hombre que lo interrogaba, *¿Sabe que ese marica, asesinó a un amigo de la Guardia Cívica? Su camarada creía en la huelga revolucionaria, ¿no se acuerda que fundó "Né Dio né Padrone"?*

El hombre decía, *"Luigi Melle es un ácrata"*, y agitaba el *canotier* que tenía sobre el escritorio. Encendió un cigarrillo y se tomó un café y luego dijo,

Como se dice ahora en Italia, ci vuole bastone, bastone e bastone...

Lucien le miró la furia que destellaban sus ojos. El hombre de la Guardia Cívica cambió rápidamente el tono de la voz y le dijo que le hablara de su trabajo en la oficina del ferrocarril, y cuando incursionó en las lecturas que Lucien tenía, dijo, *es usted lo que se llama un campesino refinado, y, dígame, ¿qué leyó de Rosa Luxemburg...?*

Lucien mantuvo la calma y contestó que no había leído nada de Rosa Luxemburg, entonces el hombre de la

Guardia Cívica le dijo, *Cristo, dónde se ha visto un bolchevique que no haya leído nada de esa señora*. Y mientras le daba patadas en la boca del estómago lo amenazaba,
Te voy a cortar las bolas.
Lucien no se podía enderezar, pero el hombre de la Guardia Cívica lo obligó a que se enderezara. Gimió.
Miralo al judío que vino del campo a la ciudad para combatir la esclavitud, quejándose...
Lucien le dijo que la acusación que se le hacía no era cierta, pero el hombre de la Guardia Cívica le dijo,
... Usted leyó toda la obra de esa señora, entre sus bártulos encontramos: La acumulación del capital, Huelga de masas, partido y sindicato, *y un ejemplar del* Leipziger Volkszeitung. *¿Quiere que siga...? ¿Todavía le quedan ganas de seguir mintiendo, Finz...?*

El brazo que tenía en cabestrillo le dolía y hablaba solo. El guardia le ordenó que se callara. Creyó oír el restallar de un látigo y el golpeteo de unos cascos y se quedó tieso en el camastro y gritó, *¡Padre, sálveme!* El guardia le volvió a decir que se callara y como él siguió hablando, lo pateó con sus borceguíes en la cabeza, mientras le repetía, *si querés más, te puedo dar más...*
Lucien estuvo inconsciente durante un largo rato. Cuando volvió en sí, escuchó que le decían,
Mirá que das trabajo, rusito de mierda...
Recordó cuando llovía negro en Villa Clara y el cielo era atravesado por lenguas de fuego y tronaba y creía ver detrás de la cortina de su cuarto un bulto que se movía. Y ahora otro bulto se movía, y hablaba con otros bultos: tal

vez, los bultos eran los muertos que murmuraban algo antes de separarse de los vivos.

Sólo el Sur lo va a curar..., le sonaban las palabras del hombre de la Guardia Cívica.

La bomba estalló cuando quiso arrojarla... Luigi Melle murió antes de llegar al hospital...

Ahora el hombre de la Guardia Cívica le sigue diciendo,

Ya no sos más un campesino, ni tampoco podés dejar de serlo...

En el sopor, creyó que tenía en la mano el baúl que su padre trajo cuando llegó de Kishinev que estaba en el puerto y que allí también estaba Max cargando gavillas de arroz a una balsa,

¿Ya negrean las moras...?

Y escuchó que Max le decía,

La arrocera está la mar de flores y desde que padre murió hacés mucha falta...

¿Cómo podía ser que él ignorara que su padre había muerto? Lucien preguntaba qué le había sucedido a su padre y Max le dijo que unos cosacos lo habían matado.

"Usted dijo que era un niño que salía a pescar con mi abuelo Aczel. Bajo ventiscas, desde el Dniéper hasta el Vístula, vendiendo arenques. Usted dijo que el tren se detuvo en Kishinev y que subieron dos cosacos. Estaban borrachos y reían. Uno de ellos le echó un escupitajo al abuelo Aczel, mientras que el otro había sacado el sable y lo agarraba de una oreja.

Dijo también que su padre alcanzó a decirle, *Vasili, corré*, y usted corrió por los vagones y se escondió detrás de un baúl. Usted me dijo que alcanzó a ver que los cosacos, de un empujón, arrojaron a mi abuelo al vacío."

Lucien estaba muy ansioso y quiso ver de nuevo al hombre de la Guardia Cívica.
Quiero un abogado, le dijo.
El hombre de la Guardia Cívica le respondió que era preferible que le hablara de la propaganda política que tiraba en el mimeógrafo del ferrocarril.

"A Ushuaia me quieren mandar. El destierro puede durar toda la vida. Usted sabe de la confusión y del miedo y del desprecio que a uno le meten. Lo hieren, lo vapulean a uno como la cosa más natural del mundo. Anoche, me sometieron a lo que llaman *examen de conciencia.* Metieron mi cabeza en un tacho con agua y no sé qué me ocurrió después, pero al abrir los ojos, noté que la vida volvía a mí, aunque fuera bajo la forma de dolor.
Hago esfuerzos por entender lo que pasa. Es terrible no entender...
La historia que aprendí en la escuela decía que la barbarie está en el campo y la civilización en la ciudad. Lo que sucedió esta semana aquí, me hace ver a Buenos Aires como un mar de barbarie, una gran ciudad donde se ven costumbres perversas y se escucha un irritante murmullo que hace que uno se transforme en un extraño en su propio país. Quiero que sepa que no voy a corroborar una culpa que no tengo.

Los que aquí mandan descargan su rencor de la vida tomando el gusto de esos actos que cometen con desenfreno. Nunca se sabe qué cosa puede ocurrirle o qué puede llegar a hacer una persona por debilidad o como quiera que se llame a ese ciego sentimiento que se siente, cuando a uno quieren arrancarle las ganas de vivir.

Usted me enseñó cuál es uno de los pocos bienes que se tienen y eso que usted me legó se lo agradezco. Quiero ser médico y no voy a renunciar a esa ambición, pero tengo miedo de quedar confinado para siempre en Tierra del Fuego."

"¿No existía otra cosa que aquella voz a la que se le antojaba decirme lo que le diera la gana, padre? ¿Qué había hecho yo, para que ese hombre me castigara de ese modo?"

"Después de una pausa en el trabajo, comimos unas tortillas y nos recostamos bajo la sombra de una magnolia. Mi padre apoyó un montón de paja bajo la nuca, se pasó la mano en la cabeza calva, y se quedó abstraído, ajeno a mi presencia. Ahora me parece que veo en su cara severa la expresión de un chico a quien lo acosan, el hambre, la noche y la nieve y quiere huir de Kishinev.

Recuerdo cuando usted, padre, hacía así con los ojos, y desviaba su mirada sobre la arrocera y me decía,

¡Qué tierra ésta, Lucien, lo que plantás, crece!

Dijo de mi madre que fue su único amor y seguramente, su última alegría, y se cuidó de no emocionarse. Un pato sirirí pasó graznando por encima de nuestras cabezas. Mi padre lo siguió con los ojos sin pronunciar más una sola palabra."

Los tiros retumbaban sobre los muros de la jefatura de policía. Un oficial golpeó la puerta del despacho, entró y dijo que el ejército había intervenido la ciudad y que los gendarmes tiraban contra los maximalistas, en Balvanera, en Villa Crespo, en Barracas y en Nueva Pompeya y que había francotiradores apostados en la Chacarita y también en Almagro. El hombre de la Guardia Cívica cambió algunas palabras con el oficial y, cuando éste se fue, dijo a Lucien que estaba a favor de una salida "racionalmente nacionalista". Tiró el cigarrillo y al cabo de unos minutos, dijo,

Encontraron el cadáver de Melle en la esquina de Yatay y Triunvirato. Tenía una bala en la nuca.

Un estremecimiento recorrió el cuerpo de Lucien. El aire le faltaba como si le aplastaran los pulmones con un travesaño.

El hombre de la Guardia Cívica dijo a Lucien,

Hable, no sea cagón, Finz. Usted tiene demasiada instrucción para ser el rudo campesino que parece ser. Ya ve que hasta confiesa durante el sueño.

Abrió una botella de ginebra y empezó a tomar una copa tras otra pero se mantenía sobrio. Cuando tenía los ojos colorados por el alcohol, le dijo, *no lo voy a dejar en paz si no sabe recordar... Es la una de la madrugada y no me va a tener aquí toda la noche. Usted no tiene antecedentes, Lucien...*

Veamos, Simón. Me faltan algunos datos, Lucien... Tampoco es de fiar, Simón. Su nombre de guerra es Simón, y no por azar lleva el nombre de aquel felón anarquista que vino de Rusia con su tío Boris Finz, y en el mismo barco. No me mire como si no entendiera que le estoy hablando de Radovitzky. ¡Qué comienzo de siglo, Simón...!

Lucien le dijo que no entendía de qué le hablaba.

Como para entenderlo... No es fácil llevar el nombre de guerra de ese ruso, nada fácil... Y no me mire como si hubiera descubierto la pólvora. Usted tiene bastante con el nombre que le pusieron sus padres.

Y el hombre de la Guardia Cívica le señaló adónde debía firmar. Lucien le dijo al hombre de la Guardia Cívica que lo que allí estaba escrito eran infames calumnias, y que no iba a firmar.

Usted es un simulador. Tengo en mis manos el informe del ataque a la Comisaría 26.

Lucien le dijo que si pensaba que con eso lo iba a intimidar, estaba equivocado. Entonces el hombre de la Guardia Cívica, dijo,

Me pregunto cómo es ser judío...

"Estábamos en la galería y usted me sacó una espina de la planta del pie, y yo le conté que el correntino dijo que pronto se terminaría el mundo, y usted se rió y me habló del *Cometa Halley* que surcaría el cielo en esos días."

Lucien escuchó que un hombre jadeaba como un fuelle de forja y gritaba ¡no! De repente un tango empezó a sonar a todo volumen en una radio y tapó los gritos del hombre que jadeaba.

Métase en la cabeza que lo que usted no decida lo decidiré por usted. La cárcel de Ushuaia es un buen destino...

Y el hombre de la Guardia Cívica leyó una página que hablaba de un sujeto que se acercó a la puerta de la comisaría vociferando, *viva la anarquía*, y atacó a uno de los agentes. Leyó, *acto seguido, como el malviviente ofreció resistencia, uno de nuestros agentes le efectuó seis disparos sobre el pecho. El occiso fue identificado como Luigi Melle.*

"Yo le dije, si es verdad que Luigi Melle está muerto como usted dice, es porque usted lo mató.

Y el hombre de la Guardia Cívica dijo que mejor era que me callara.

El hombre de la Guardia Cívica dijo que había empezado *la caza del ruso*, y que yo era incapaz de comprender la letra del himno nacional y que él tenía el deber de velar por el bienestar de la patria.

Mañana quiero que hable de su participación en Córdoba, sí... el año pasado, con esos pituquitos rebeldes. Usted me va a explicar ese hecho que compromete a la Nación.

Después, el hombre de la Guardia Cívica me apuntó con el revólver, apoyó el caño contra mi frente y enseguida sonaron tres tiros. Cuando pude abrir los ojos escuché que ordenaba a un guardia que me llevase y que no me sacara los caballos de encima."

"Usted decía que cuando los patos salvajes tienen crías, las raíces del arroz empiezan a moverse inquietas en el fango. Usted decía, también, que las espigas de arroz necesitan para madurar que alguien las contemple, y usted se quedaba con ellas durante largos ratos."

"Ahora veo un círculo de luz y dentro de ese círculo está el hombre de la Guardia Cívica que me interroga, no se apresura, y vuelve a interrogarme. Cada vez que me nombra, afrancesa más mi nombre y arremete de nuevo y me pregunta por Luigi Melle, y yo lloro y él me dice que no sea gallina."

Lucien vuelve a ver ese bulto blanco que entraba por la ventana de su pieza cuando tenía miedo de la tormenta, y recuerda que él lo llamaba el Señor Murciélago.

Un agente le dijo que lo siguiera.
Atravesaron un largo corredor y entraron a un cuartucho y allí otro guardia le ordenó que se desnudara. Lucien intentó resistirse, pero el guardia le bajó los pantalones y le gritó,
¡Abrí las piernas, carajo, debés tener escondida una lima...! Y la próxima vez que te limpiés el culo, usá el papel de diario que hay en la letrina, ¿me oíste, basura...? Volvamos a tu celda.

Y el guardia se lo llevó.

Entraron a la celda y el guardia le dijo, *aquí tenés la ropa que te trajeron*, y le tiró una camisa y un pantalón. *Tío Boris...*, pensó Lucien, y una corriente de vida cruzó por sus ojos.

Consiguió ponerse de pie y se arrastró hasta la ventanita: quería respirar un poco de aire.

Vio las luces pálidas de Buenos Aires: pronto iba a clarear.

"Todo era en la arrocera, de un sabor raro para este mundo. Extraño la tierra y el trabajo de la tierra y no olvidé el monte, ni la tenacidad con que el caranday se defendía del desarraigo. ¡Qué costumbre la suya de desayunar con una copita de alcohol puro...! Costumbre de su país helado.

Padre, siento como si el agua de la arrocera se hubiera salido de su camino, pero el arroz retiene el agua como yo retengo sus palabras."

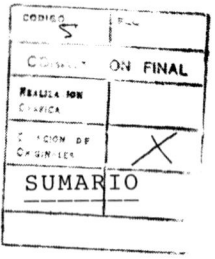

LEGAJO NRO: 6695

"El juzgamiento de los delitos del susodicho por implícitos y concomitantes y los que encajen por extensión se ajustará al sumario. Exhíbase."

POLICÍA DE LA CAPITAL FEDERAL

Orden del día No. 23 (Primera Parte)
Buenos Aires, 8 de enero de 1919
El Jefe de Policía de Investigaciones
Ordena:
I. Sumario
II. Captura
I EL SECUESTRO DE:
I.-Una cuchilla, hoja de 25 cent. de longitud, punta aguda, cabo de madera negra, y tres remaches de metal amarillo, supuesta arma empleada por el sujeto Lucien Finz, para lesionar al agente Camilo Uriburu, hecho ocurrido en la mañana del día 7 del cte. mes, en calle Sarmiento esquina Callao, a las 11 horas, según parte del señor JEFE DE INVESTIGACIONES.
    II.-La suma de 8$ descompuesta en un billete de 5$ y el resto en billetes de 1$, presumiblemente hurtados del interior del sótano de la ex fonda "Richmond" donde se lo halló al sujeto.
    III.-Una foto de familia presumiblemente perteneciente a la familia del sujeto.
    IV.-Un dibujo presumiblemente llevado a cabo por el susodicho, donde se muestra a dos agentes del orden conduciendo a un sujeto peligroso de nariz afilada y anteojos de miope.

V.-Un pantalón fantasía a rayas blancas y negras, un saco de casimir, color negro, un reloj de oro 18 kilates, marca "Electra", avaluado en 9$.

VI.-Una valija de mano con una chapita niquelada en uno de los costados, conteniendo una jeringa marca "Luer", con su correspondiente estuche, un estetoscopio, una sonda y una libreta de apuntes que reza: Anatomía. Por solicitarlo el Señor JEFE DE INVESTIGACIONES; SEGÚN PARTE DEL DE ESTA.

II. CAPTURA:

Lucien Finz, argentino, se consigna filiación, hijo de Vasili Finz y de Ana Yagupsky de Finz, ambos extranjeros nacionalizados, cutis blanco, cabello castaño claro, tiene una cicatriz en el cuero cabelludo, alto de estatura, cuerpo delgado, frente ancha, nariz dorso recto, cejas arqueadas, separadas, párpados normales, ojos color azules, labios finos, base lig. levantada, orejas medianas, lóbulos sueltos, barba afeitada, lee y escribe, dice ser estudiante de medicina y ferroviario, Ind. Dact. V. 4343, impútese a nombre de la causa habientes del sujeto Lucien Finz. Por solicitarlo el señor JEFE DE INVESTIGACIONES; SEGÚN PARTE DEL DE ÉSTA.

"El acta decía que trabajaba para *La Protesta* y la causa maximalista, y que era un agitador sin oficio y un reo sin moral y sin patria. El hombre de la Guardia Cívica hojeó unos papeles que había sobre el escritorio, y dijo, *lo voy a liberar... confíe en mí. Con un poco de suerte se acabará todo esta noche...* De nuevo recordó cuando el padre le hablaba del zar Nicolás II y le decía que tenía el andar de una lagarta militar. Y ahora Lucien veía al hombre de la Guardia Cívica como el padre veía al zar Nicolás II.
¿Padre, por qué decía usted que no se soportaba sin el trabajo de la tierra? Todos trabajando desde el alba... y yo que me sentía atrapado en la arrocera..."

"Yo veo de nuevo a usted padre que se aferra a mi pequeña mano. Su cabeza cavila. La bruma se desliza sobre sus manos gastadas y yo contemplo con ojos de niño sus largos dedos y entramos al cementerio. En la tumba de mi madre pone una piedra redonda y yo pongo otra más pequeña y redonda que la suya."
Usted habla a la piedra en voz baja pronuncia las palabras con emoción: *la lagarta militar se llevó la cosecha de arroz*, y continúa diciendo,
¿Y si no llueve? Las plantas de arroz se pierden.
¿Y si llueve demasiado? Se pudre la semilla... Allí, su voz ronca, aún resuena en mis oídos.
¿Por qué hablaba usted de ese modo a la tumba de mi madre y mezclaba el *iddish*, el castellano y el hebreo?
Lo vuelvo a ver padre, consternado, su saco gastado, el mismo saco que usaba todos los inviernos y sus botas de

goma embarradas, susurra ante la lápida por aquello que Dios no le ayudó a salvar.

¡Oh, Dios, con tu ira no me reprendas, con tu cólera no me castigues...!

Volvamos, Lucien, está soplando el pampero..., me dice.

Y yo escucho de nuevo cuando bombea agua y se lava las manos y sé que también yo tengo que lavarme las manos después de visitar a los muertos. Hay un muro florecido de campanillas y hay también una bandada de tijeretas que en forma de v, cruzan el aire. Usted me dice,

Va a llover de nuevo, pero esta vez no me va a agarrar el viento parado, voy a trabajar toda la noche hasta terminar con los terraplenes de contención.

Contemplaba el arroz recién nacido, desde arriba lo veía todo marrón y cuando me agachaba se veían las hojitas verdes... Para las fiestas volcaban las espigas y usted nos miraba reír pero nunca reía: permanecía en actitud de alerta, con la inmovilidad de una lagarta al acecho como si Max, Noé y yo no fuésemos más que derrochones desagradecidos con la vida.

Bueno, basta ya, parece que vivieran en la abundancia..., decía,

Max y Noé lo provocaban, pero usted padre se mantenía sumergido, como si tuviera el cuerpo acorazado, como si reír le significara traicionarse en su deber de arrocero laborioso.

Todo lo que no fuera Villa Clara no era parte de este mundo, todo el mundo era ese pequeño villorrio, su pequeña parcela de tierra, la cooperativa agraria, que lo guiaba y a usted le parecía natural que así fuera todo para todos los colonos.

Cuando volvían a asediarnos la lagarta militar, dormía vestido, de pronto despertaba y con furia volvía a la arrocera como si fuera posible aplastar a toda la maraña de gusanos verdes y resbaladizos. Infatigable y terca vejez la suya, padre.

Yo que era un niño recuerdo que me enroscaba en su saco de lana... hacía tanto frío como seguramente aquella mañana cuando usted dejó el Mar Negro... Pero la vasta estepa era para usted un mapa desvaído en su memoria.

Le agradezco ese modo que me dio de exigirme a mí mismo entereza.

Usted, padre, también se acordaba de David que murió de tuberculosis a poco de llegar a Colonia Clara. David había sido matarife y usted dijo que su hermano seguía al pie de la letra la faena ritual judía y que tenía un buen cuchillo y degollaba al animal con rapidez."

"Vuelvo a ver una puerta de vidrio esmerilado y detrás de la puerta, la sombra del hombre de la Guardia Cívica que se recorta contra la pared y dice a otra sombra que tengo cuatro vértebras rotas y que las quemaduras con hierro caliente en el pecho son de tercer grado.

La sombra me ronda un rato largo."

El hombre de la Guardia Cívica entra a la celda, lo mira con las piernas separadas.

Finz, recuerde que usted no ha sufrido ningún maltrato.

Lucien se hunde en el camastro.

Ese cerdo anarquista le lavó el cerebro, Finz...

Lucien vuelve a escuchar los gritos de un preso que aúlla en la celda vecina y se tapa los oídos: toda su memoria se disuelve bajo una lluvia de libros, que caen de nuevo con estrépito dentro de su cabeza, como el día en que esos hombres sin uniforme de la Policía entraron en el barrio judío, apilaron cientos de libros, hicieron una fogata y arrastraron a Lucien hasta ese lugar inmundo donde no había nada más que ratas.

"Resisto ahora, como resistí cuando me luxé el hombro al caer del caballo y estuve padeciendo ese dolor brutal en todo el cuerpo. Tuvo que pasar un tiempo largo para que volviera a horquillar la paja que crecía en el estero. Triste ocre el de la paja, padre. Sigo siendo un arrocero desafortunado que se aferra a la vida con obstinación. Si pudiera hablar con usted, cara a cara..."

Un guardia le trajo un plato de arroz. Lucien dijo que no tenía hambre, y el guardia le preguntó,
¿Cómo, no le gusta el arroz?
¡Mierda...!, murmuró, y Lucien se contuvo para no insultarlo.
Tiró el arroz al suelo.
Lo dejaron salir a un patio cerrado. Uno de los guardias le dijo que había visto incendiarse el barrio judío, y que en la calle ardían pilas con libros y enseres. Toda su

historia y la historia de sus abuelos se le vino encima como una avalancha de nieve.

Al rato, un sargento le leyó el informe en el que se responsabilizaba a los maximalistas del asalto a la Comisaría 26. Y pensó que ojalá su tío Boris estuviese buscándolo por las comisarías de Buenos Aires.

Lucien sueña que el hombre de la Guardia Cívica lo persigue con un cuchillo y le grita, *Sólo quiero una de sus orejas*. Lucien corre a lo largo de la costanera y se cubre con la mano la oreja. Se ve entre cientos de baúles apiñados a lo largo del muelle, y no duda en abrir la tapa de un baúl y esconderse allí. Cuando el hombre de la Guardia Cívica lo encuentra, él ve que es de mañana y la ronda ya ha pasado.

Dice al guardia que quiere orinar. Consigue incorporarse y el guardia lo acompaña a una letrina que hay en un patio contiguo. Lucien se arrastra.

Mientras toma agua de una canilla, oye los gemidos de un preso y cree reconocer en esos gemidos a su amigo Luigi.

"Ahora soy un temible reo al que ni siquiera quieren dar la oportunidad de defenderse. No podría agregar otras palabras, porque nada de lo que le diga se parece a lo que me está sucediendo.

Creo que aún estoy en la arrocera, es un día caluroso y me doblo sobre la tierra con la pala en la mano. Viene la tormenta y yo tengo que cortar la tierra con la pala y ruego que las plantas no se ahoguen, y contemplo el arroz que ha volcado en granos llenos, y mis ojos ven que todo se pudre con tanta lluvia y el sol y el silencio...

Veo de nuevo un bulto blanco de ojos negros y recortado bigote, que se mueve sobre el tragaluz: me aprieta la yugular con la mano..."

Al rato, le parece que su padre le ordena,
Lucien, no mezquine la paja y a las gavillas me las guarda aquí...
Silencio.
Ya no escucha qué más dice Vasili Finz.
"Miro una bandada de tijeretas que cruza el cielo blanco, un espejismo frágil y soleado y sé que todo esto ya no es para mí. Echo una última mirada a la arrocera. La tierra negra, los brotes de arroz me aprisionan con su esplendor, y ese vago mal olor familiar, semejante al olor fétido que destilan los animales antes de que los maten, me confirma que no tengo nada que hacer en Villa Clara."

El timbre suena en la celda, y Lucien no sabe si él es él o él es otro, y cuando reacciona ve detrás del vidrio esmerilado la cara sombreada de un hombre con guardapolvo blanco que le dice que abra la boca.

"Abro la boca y trago el aceite de ricino que el hombre de guardapolvo blanco me da. Me muestra un recuadro con luz. Me pregunta cómo me llamo. Vacilo y no contesto. Reconozco esa voz. Él dice,

Su silencio es más viejo que la tiña... La ley se escribió para ser cumplida y como judío debe saber qué significa no cumplir con la observancia de la ley..."

Ni las amenazas ni la tortura a que ese hombre lo somete van a decidir su suerte, y Lucien le dice que no va a acatar una falsa ley que está fuera de la ley y que es para su propio uso.

Luego, el hombre lo conduce por un oscuro corredor hasta desembocar en una pieza que huele a éter.

Ahora, está seguro de que ese hombre de blanco que le habla es el hombre de la Guardia Cívica.

Dice,

Ni el maximalista ni el ácrata quieren la ley, porque la ley es un obstáculo para satisfacer sus deseos de cubrir de horrores el territorio de la nación.

Lucien ve que él se frota con el dedo pulgar el fino anillo de oro y Lucien cree que saca la lengua como un perro que se relame. El hombre de la Guardia Cívica le ordena que se desnude: un escalpelo relampaguea en sus manos. Mira a Lucien de arriba abajo y le dice,

¿Fue circuncidado?

Sí, dice Lucien.

Pero lo haremos de nuevo.

Y le aplasta repentinamente una máscara de éter en la cara.

Lucien recuerda, apenas, recuerda que vio como un sol débil que las nubes espesas apagaron.

"Alcanzo a oír el ruido de un trueno que hiende la noche como me hiende la quemadura en la planta de los pies. El guardia me pregunta si fumo. Yo le digo que me duele el pecho al respirar. Él dice que el de la Guardia Cívica preguntó por mí.

No veo más a ese hombre, pero él sabe que donde esté, voy a pensar en él."

Ni antes ni después

Reunidos en el Centro Naval, bajo la dirección del Almirante Domeq García y con el apoyo incondicional de monseñor de Andrea, nos agrupamos bajo el nombre de Defensores del Orden y con el fin de formar especies de batallones cívicos armados para enfrentar a los huelguistas.

LA LIGA PATRIÓTICA, FEBRERO DE 1920

"Permitieron a tío Boris que me visitara.

La tarde del domingo vino y al verme me abrazó largamente, rodeándome el cuello con sus brazos. Me trajo una navaja y jabón de afeitar y consiguió que me dejaran tener conmigo la *Anatomía* de Testut y la *Fisiología* de Gley. También me trajo un libro de Montaigne, pero no puedo concentrarme en la lectura.

Tío Boris dijo que el sindicato de ferroviarios hizo la denuncia y va a exigir explicaciones a Yrigoyen por las vejaciones a que me sometieron aquí adentro.

Buenos Aires está lleno de esos hombres sombríos cuyas huellas digitales no están registradas en ningún despacho de la Policía. Mañana va a venir el abogado del sindicato. Tío Boris dijo, también, que el abogado metió un recurso de amparo en mi calidad de preso político y que el sindicato va a pagar el abogado defensor. Los ferroviarios, junto con otros gremios, llamaron de nuevo a una huelga general para frenar a los que se identifican como defensores del orden y que en nombre de la patria asesinan a hombres, a mujeres y a niños.

Tío Boris dice que nunca como esta semana ha sido tan grande el descontento contra el gobierno. Dice que lo que ocurrió estos días pone en evidencia lo podrido que está todo. Dijo, también, que Yrigoyen prometió la libertad para todos los detenidos y que va a investigar a los hombres de la Guardia Cívica que son responsables de tantos muertos.

Buenos Aires es, ahora, como una promesa vaga.

Leyes: descreo de las autoridades que no saben nada de eso. Cuando salga voy a dar cuenta de lo que me ocurrió, para que nadie me vuelva a decir lo que yo dije a Luigi Melle el día que lo conocí: *En política no me meto.*"

"Había una salida pero tardé en encontrarla.

Un guardia me preguntó,

¿Y ahora que estás libre qué vas a hacer, rusito...?

Me di el gusto de mirarlo a la cara y no contestarle. Era casi de noche. Avancé a lo largo del muro y vi a unos muchachos que fumaban y se reían. Apuré el paso y desaparecí de ese lugar."

En ese momento Lucien recuerda que caminaba con el padre de regreso a su casa. La luz del sol enceguecía el aire y el polvo.

Lucien dijo a Vasili que no quería ir más a la arrocera. Los ojos del padre relumbraron como la hoja de un cuchillo, hizo silencio y después le dijo que esperaba que pudiera progresar en Buenos Aires.

Al llegar a Plaza Italia, Lucien pensó,
"Si sigo viviendo al margen de lo que sucede en esta ciudad, estaré más solo en Buenos Aires que en Villa Clara, el arroz madura en febrero, ni antes ni después... En la cárcel se conoce la otra cara de la vida. Supongo, padre, que he sido un maldito egoísta. Me negué a escuchar las voces de los trabajadores que estaban más allá de estas paredes.

Vuelvo al mundo de los vivos y me declaro a favor de ellos y en contra de la indiferencia de ciertos personajes oscuros que no me va a ser posible evitar.

Quiero que sepa, padre, que durante los siete días que duró mi arresto, necesité hablarle, como si le escribiera una larga carta que nunca le escribí, con palabras que nunca usé, y que fueron saliendo de mi boca hasta apagarse."

El viento soplaba con fuerza desde el río, y Lucien trató de caminar en medio de la sudestada. Escuchó el ruido del tren que se alejaba, y se extravió por una calle desierta.

"*Mi padre, Lucien Finz, trabajó como médico rural cerca de Villa Clara, donde transcurrió su vida de niño. Iba a escribir sus memorias, pero no llegó a concretarlas.*"*

---

*Del manuscrito que lleva la firma de Leonora Finz, encontrado recientemente en la biblioteca popular Lucienville, Basavilbaso, Entre Ríos, 29 de julio de 2001.

COMPLOT

En el origen de la tragedia argentina hay una gota de sangre y una de semen, producto de la violación fundante.

EZEQUIEL MARTÍNEZ ESTRADA
citado por LUIS FRONTERA

*Quiero reconocer el apoyo de Beatriz Mauro;
también de Sergio Aguirre, Gastón Sironi,
Márgara Averbach, Susana Cabuchi,
de mi traductora Rhonda Dahl Buchanan,
y de mi maestro Andrés Rivera.*

I

24 de mayo de 1932

Cuando Mora ensilla el caballo, escucha que su abuela le dice,

Vaya mi niña. No se demore. Ya hablé con su tía Luisa. Busque su ropa.

La niña ata la cinta blanca con la que anuda el final de la trenza oscura, monta y se va.

Cruza el bañado. El agua salta al paso de los cascos del animal. Mora mira hacia atrás y ve a la abuela que va haciéndose pequeña hasta que se desvanece en el aire.

La estancia de los Edels está a quince kilómetros de Colón.

La niña avanza al galope y se interna por el camino de tierra. Ha llovido y hay barro y agua en la banquina; Mora va por la huella donde la tierra está menos blanda. Piensa que su padre, Jordán, está en Pago Largo, y eso, no sabe por qué, la alegra. Apura el paso del caballo. Decide cortar camino, cruza cerca de Pueblo Liebig, y desvía hacia el río. Atraviesa el Maldonado; la crecida del arroyo viene con furia. El caballo corcovea. Ella le tira de la brida, y el animal se arroja al agua y nada. Mora se aferra a las crines del caballo hasta alcanzar la otra orilla. Después, se hace cargo de las riendas y otra vez galopa a campo traviesa.

Oye el silbido ronco de una locomotora que se acerca. La tierra vibra. El cielo se pone negro de humo. Mora llega al paso a nivel: la barrera está baja. La niña tira de las riendas y el caballo se clava en el suelo y espera. La locomotora avanza con lentitud y después se detiene en el cruce. Expulsa ascuas y cenizas de la caldera y se aleja.

Mora tiene hambre. El pelo cae sobre los ojos y ella lo sopla para apartarlo. Cuando las barreras se levantan, cruza las vías, y niña y caballo se hunden en la llanura rasa sin una curva. Espolea al caballo, unas leguas más y va a estar en La Lucera, piensa.

El olor rancio de la cremería de los Yussim impregna el aire. El viento, caliente y pegajoso, empieza a soplar.

Al llegar a la estancia, Mora cruza la tranquera y avanza entre los naranjales, luego entre los eucaliptos y se detiene frente a la casa de Eli. Le extraña que no estén allí los perros. Tampoco está la *voituré* del patrón. Ella se baja del caballo, camina hasta el umbral, y llama a la puerta. Nadie contesta. Los cerdos gruñen en el chiquero. Mora escucha el ruido que hace el molino de agua. La casa está vacía; la niña decide esperar a Eli.

Camina. Va hasta el fondo. Las sábanas tendidas en la soga se mueven con el viento. Las gallinas duermen a la sombra. Mora se sienta en el tronco de un árbol caído y se queda mirando las hormigas que entran al hormiguero. Saca del bolsillo un pedazo de pan y empieza a comer con avidez. Después, va hasta el estanque y allí hunde el vaso plegable que trae con ella. Los peces rojos se alborotan con el rumor del agua. Algo en las entrañas de Mora se mueve y nada. Ella calma la sed y luego cierra el vaso, lo tapa y lo guarda en el bolsillo de su larga camisa de lana. De pronto, escucha un disparo que viene del galpón. El caballo se inquieta. La niña se sobresalta. Cuando levanta la vista ve a un hombre que sale corriendo del galpón. Lo reconoce: es su padre. Ella lo mira fijamente hasta que Jordán se pierde detrás del maizal, y entonces se pregunta por qué su padre le dijo que el inglés lo mandó a tropear vacas a Pago Largo. Mora entra en el galpón. El suelo es de tierra apisonada y hay una mesa y sobre la mesa un fuentón vacío. La niña avanza, titubeante. Otra vez cruje la puerta. Sus ojos van desde las palas de labranza hasta la secadora de grano. Unos tábanos zumban a su alrededor. Mora ve al viejo sentado de espaldas en la silla del arado de reja. *Tiene puesta la camisa de franela que lleva siempre,* piensa. Se acerca: el viejo tiene la nuca lustrosa, la cara grasienta, la boca abierta. La niña ahoga un grito cuando lo ve de cerca y se da cuenta de que ese hombre es el patrón, el padre de Eli, y que tiene una herida de bala en el pecho, y que está muerto.

Tobe, el perro de caza, gime echado junto a su amo.

Ella se queda mirando a ese hombre. Ahora no hay furia ni en sus ojos ni en sus manos.

Cuando recupera el aliento, corre, monta, y cuando huye recuerda a su padre en la casa de los Edels, cuando ella les sirvió el té al inglés y a Elsa Kessler. Escucha el paso de un caballo que se acerca. Es el comisario de Colón, que le pregunta de dónde viene. Es una pregunta amable. Mora, los ojos bajos, se pasa la lengua por los labios y dice que ha estado juntando hinojo. Él, con la voz imperiosa, le dice que vuelva a su casa.

La casa de la niña queda en el casco de La Lucera.

Al llegar va a su pieza, se recuesta en la cama y piensa en ese viejo que ahora está muerto; y se acuerda de cuando quiso decir a tía Luisa lo que le estaba ocurriendo, pero no pudo, y en cambio le dijo que no le gustaba el patrón, que era un hijo de puta porque castigaba a Eli. Y tía Luisa la mandó callar.

Su padre, sentado en la silla de paja junto al brasero de hierro, le pregunta,

¿Qué quiere comer mi niña?

No tengo hambre, dice Mora.

Se levanta de la cama, camina con lentitud y sale. Jordán le pregunta adónde va. Ella dice que va a buscar agua al pozo.

Ve correr el agua por la cuneta, corta unas calas y, luego, cruza la alambrada y se interna en el descampado.

Cuando vuelve a la estancia oye el ruido de la *voituré* del padre de Eli que viene con la capota desplegada. La niña ve a Elsa Kessler al volante, hermosa y fría. El chal ambarino flamea en su cuello; Eli la saluda con la mano y sonríe.

II
Año 1900

Se llamaba Bruno Edels y vivía con su familia en Praga. Cuando asesinaron a sus padres en un pogrom, sus hermanas, Ana y Lena, huyeron a Francia y él se refugió en la aldea rusa de Tsárskoye Seló, en la casa de una familia campesina. Allí se enamoró de Olga Gumiliov. Cuando a ella la fusilaron por traición al zar de todas las Rusias, él se vio obligado a huir, y cruzó el mar Negro, y llegó al puerto de Atenas. Trabajó allí como estibador y, luego, como contramaestre en un barco turco. Tenía veinticinco años.

Diciembre de 1903

Consiguió embarcarse en un carguero que iba a América. En el puerto de Buenos Aires, un desconocido le dijo que si buscaba trabajo, lo conseguiría en Entre Ríos. Después, Edels se encaminó hacia Retiro.

Al bajar del tren, se sintió como un niño que despierta y no entiende lo que ocurre. Caminó por el andén. Cruzó la calle. Sus ojos contemplaron las casas dispersas sobre la llanura; por un momento olvidó su larga fatiga.

Al poco tiempo, Bruno Edels estaba instalado en Colón. Allí empezó a trabajar la tierra sin reposo; fue peón de estancia, alambrador y matarife. Aprendió a leer y a escribir el castellano sin ayuda de nadie; era extraño escucharlo arrastrar la *erre*, pronunciar las palabras con vehemencia y demorar las sílabas.

Una tarde, después del trabajo, en rueda de peones, uno de ellos le preguntó cómo era Praga. Él hizo como que no escuchó, y dijo que estaba ahorrando dinero para traer a sus hermanas. Fue todo lo que dijo.

Esos primeros años, a fuerza de privaciones, se hizo de un pequeño capital y pudo arrendar una parcela. Sembró trigo y después cosechó granos en abundancia. Con el dinero de la venta del trigo compró un molino harinero y con la ganancia que éste le dio, compró vacas y caballos.

Se transformó en un hacendado poderoso, propietario de La Lucera y El Chajá, estancias próximas al río Uruguay.

Enero de 1916

Edels recibió una carta del hermano de Olga Gumiliov que decía que Ana y Lena habían sido asesinadas en un confuso incidente.

Ahora se daba cuenta de la espera inútil y del gran cansancio que arrastraba desde la noche en que se separó de sus hermanas.

En Colón, empezaron a decir que ahora, ese judío rico, casi cuarentón y soltero, se había vuelto mujeriego; que le gustaban las jovencitas y se le daba por insinuárseles con descaro. También intentó seducir a la mujer de un sargento de Basavilbaso y casi lo acuchillan; pudo sosegar al marido con un billete que le puso en el bolsillo.

Diciembre de 1919

La vio por primera vez en la fiesta del trigo. Ella cruzó delante de sus ojos a la luz tamizada de los faroles rojos de papel. El pelo rubio caía sobre la frente ancha, dándole un aire de mujer inalcanzable. Él preguntó quién era esa muchacha; le dijeron que era la hija de Herr Kessler, el panadero de Urdinarrain. Ella tendría unos quince años menos que él y le hacía acordar a Olga Gumiliov; el cuerpo, la piel blanca y los ojos claros. Una tormenta le volvió a cruzar por dentro. Se acercó a ella con una sonrisa y le ofreció una copa de vino. Elsa Kessler lo miró a los ojos con insistencia, y aun con descaro, y le dijo que el vino no era bueno. Él le habló de La Lucera y El Chajá, y de los campos que tenía. Ella comentó, al pasar, que sus padres no siempre habían sido pobres. Cuando dijo que tenía que irse, él la retuvo y la miró, la boca entreabierta. Parecía un animal poderoso ante una hembra en celo.

Al poco tiempo, le propuso casamiento, y ella le dio a su voz una suavidad insospechada cuando aceptó la propuesta.

Los Kessler no dudaron en conceder la mano de su hija, y pronto se casaron.

La boda reunió a estancieros, campesinos y comerciantes de las colonias próximas a La Lucera. Jordán, capataz y mano derecha de Edels, y su mujer, cocinera de la estancia, organizaron la fiesta.

Hubo asado con cuero, música y carrera de sortija, y los festejos continuaron hasta la madrugada.

Ese amanecer, la mujer de Jordán dio a luz una niña a la que llamaron Mora.

Nueve meses después, nació Eli, el único hijo que tuvieron los Edels.

Cuando el niño cumplió ocho años, su padre arrendó El Chajá a mister Broker, un inglés que asesoraba a la Entre Ríos Central Railways, y que había vivido en el sur de los Estados Unidos, y que se decía estaba vinculado con banqueros influyentes.

Se mostró generoso con Edels cuando le ofreció vincularlo a esa gente.

Bruno Edels recibió una carta oficial en la que se le notificaba que le iban a expropiar una franja de El Chajá y también de La Lucera. Razones: por allí cruzaría el ramal ferroviario que uniría una parte de la Mesopotamia con el puerto de Buenos Aires.

Bruno Edels no tenía en sus cálculos deshacerse de esas tierras: fue a ver a mister Broker, furioso, con la carta en las manos, y le dijo,

¡Haga algo, mueva sus influencias!

¿Y a título de qué?

Dígamelo usted, mister Broker.

De que usted me venda El Chajá.
No, El Chajá no se vende.
El inglés llenó su pipa, y dijo,
Si no le conviene mi propuesta, arréglese usted con el Estado.
No me juegue con dos barajas, mister Broker, dijo Edels.
No estoy jugando: cumplo con mi deber.
Sentado del otro lado del escritorio, inquieto, la cara fatigada, Bruno Edels guardó silencio.
Mister Broker le sirvió un vaso de whisky y después dijo, *Mire Edels, negocie. Ya sabe que el Estado es más poderoso que usted. Le van a pagar en libras esterlinas. ¿Se da cuenta de lo que va a valorizarse la tierra con el paso de ese ramal del ferrocarril?*
Edels se quedó pensando.
¿Por qué no lo conversamos más tranquilos otro día y vemos qué beneficios se pueden sacar de todo esto?, dijo el inglés.
Hizo una pausa, y agregó,
Lo invito a cazar gallaretas, y allí hablamos.
De acuerdo, aunque yo, en lugar de cazar gallaretas prefiero pescar dorados, le dijo Edels.
Tengo entendido que en ese río hay rivales voraces que se tientan con un buen señuelo, dijo el inglés.
En la pesca hay siempre un engañador y un engañado, dijo Edels.
Pero en el medio tiene que haber un engaño, un cebo vivo, dijo el inglés.
El dorado es un pez trabajoso, mister Broker, prosiguió Edels. *Tiene la boca dura: necesita de una doble clavada.*
El inglés dijo,
En el British Museum tenemos cebos hechos con plumas de gallo y...
Edels lo interrumpió,
¡No me venga ahora con eso! La pesca no es un juego...
Está bien, olvídese.

Edels propuso salir ese amanecer.

El inglés aceptó.

Mister Broker escuchó el ruido de las botas de Edels que se dirigían hacia la puerta y lo dejó irse.

A los pocos días, la compañía The Argentine Land and Investment Company Limited envió a sir Alfred Armington en calidad de miembro del directorio de los Ferrocarriles *según las leyes de Inglaterra,* a entrevistarse con Edels. En cuestión de semanas, se firmó el acuerdo de expropiación de las tierras.

ESCRITURA NUMERO CIENTO VEINTE Y TRES.- En la ciudad de Colón, Departamento Colón, Provincia de Entre Ríos, República Argentina, á siete de Noviembre de mil novecientos treinta.-Ante mi, Escribano Público autorizante y testigos que suscriben, comparecieron: Por una parte Don ALFRED ARMINGTON, que acostumbra a firmar "Sir Alfred Armington", vecino de la ciudad de Buenos Aires, de esta República, accidentalmente en ésta, y por la otra Don BRUNO EDELS, que acostumbra a firmar "B.L.Edels", vecino de este Departamento, ambos de estado casados en primeras nupcias, mayores de edad, personas de mi conocimiento, doy fé, como de que el Señor Edels, concurre a este acto por / derecho propio, y el Señor Armington, en nombre y representación de la Sociedad Anónima constituida en Inglaterra, bajo la denominación de "ARGENTINE LAND AND INVESTMENT COMPANY LIMITED", (Compañía Argentina de Tierras é Inversiones Limitada).- Los estatutos de dicha sociedad y el reconocimiento oficial de la misma como persona jurídica, se hallan transcriptos en el Registro Público de Comercio de la Ciudad de Concepción del Uruguay, al folio ciento cuarenta y cinco, tomo once de Estatutos del año mil novecientos veinte y tres; justificándose el carácter invocado por el Señor Armington, y habilidad que tiene para este otorgamiento, con el Poder General que le fué / conferido por Don Cecil Constantine Easton, Director de dicha Compañía y en su carácter de Apoderado General de la misma, mediante / escritura que dicho Señor le otorgó en la ciudad de Buenos Aires, de esta República, con fecha veinte y cuatro de Enero de mil novecientos veinte y nueve, por ante el Escribano Don Jacinto J.Dórtegui, y al folio ciento cuarenta y dos del Registro número tres á su cargo, cripto en la escritura número ciento veinte y cuatro, otorgada ante mi y en mi Registro, con fecha siete de Junio de mil novecientos veinte y nueve, y al folio trescientos cuarenta y tres vuelto, del Protocolo correspondiente a dicho año, de que igualmente, doy fé, como de que el referido mandato, se halla vigente en todas sus partes, según certificado que se encuentra agregado en la escritura obrante al folio trescientos ochenta y nueve, de este Registro y Protocolo corriente, transcribiéndose para este acto, lo pertinente contenido en dicho Poder, que es del tenor siguiente: "Del Poder "otorgado en la Ciudad de Londres, Reyno de Inglaterra.-..."En la "Ciudad de Londres, a dos de Agosto de mil novecientos veinte y ocho, "ante mi, el Notario Público de ella, Don Henry Alfred Bridge, y "los testigos al final firmados, comparecieron los Señores Don Charles Byshire y Don Stuart Colquhoum Sephard, en su calidad de dos de "los directores de la Sociedad Anónima, establecida en esta Ciudad, "debidamente constituida y registrada, según las Leyes vigentes en "Inglaterra, bajo la denominación de "Argentine Land And Investment "Company Limited".- Que de así serlo y de estar en el actual ejer- "cicio de sus destinos, competentemente autorizados y hábiles para "este acto, mayores de edad, de esta vecindad y de mi conocimiento "doy fé, como la doy de que actuan por sí y en representación de "los demás directores, de aquella, haciendo uso de las facultades "que le concedan los artículos (los artículos) 1 y 3, inciso (9) "del Acta de Asociación y los Artículos 62 inciso (1), 63 y 64 in- "ciso (1) de los estatutos de la referida sociedad y los respecti- "vos acuerdos dictados por la Junta Directiva, en sus sesiones ce- "lebradas el día siete de junio del año en curso y el día de hoy,

"de los cuales, artículos y acuerdos, se inserta a continuación una
"traducción al idioma castellano, como también de la elección y últi-
"ma reelección de dichos directores, constantes en el libro de actas
"de dicha sociedad, que he tenido a la vista y cuyo respectivo tenor
"es el siguiente: "Acta de Asociación: 1) La denominación de la Com-
"pañía, es la "Argentine Land And Investment Company Limited".-...
"Los objetos para los cuales se establece la Compañía, son...(9) //
"Administrar, explotar, desarrollar, proveer de ganado, labrar, vender,
"arrendar, hipotecar, gravar, enagenar, o en otra forma negociar con
"todos o cualesquiera de los bienes de la Compañía, y administrar,
"explotar, proveer con ganado, labrar, vender, arrendar, hipotecar, /
"gravar, enagenar o disponer en otra forma de cualquier otros bienes
"raices ó muebles, negocio o empresa, como agente de cualquier Com-
"pañía, persona o personas.-...Estatutos Sociales.-...Artículo 62 /
"(1)-El Directorio de vez en cuando, puede delegar a cualquier Direc
"tor, Gerente o Gerentes ó a cualquier consejo local ó a cualquier /
"agente o representante de la Compañía las facultades y atribuciones
"que el Directorio estima necesarias para la eficaz gestión de los /
"asuntos o negocios de la Compañía o de cualquier otro asunto espe-
"cial y puede conferir escrituras de poder, con o sin facultad de /
"sustitución, a favor de cualquier persona, casa o entidad, fluctuan-
"te de personas y para que vendan, cedan y transfieran o enagenen /
"todos o cualquiera de los bienes raices, urbanos o rurales, de la /
"Compañía sitos en cualquier parte de la República, por el precio o
"precios, ya sea al contado o a plazos, y con arreglo a los demás /
"pactos, términos y condiciones que convinieren, cobren y reciban /

III

Año 1930

Amanece. Empieza a anunciarse el otoño. La lancha de Edels está amarrada al muelle. Se escucha el rumor del agua. El inglés, vestido con pulcritud, pañuelo de seda al cuello, bombachas blancas y botas, llega al embarcadero. Edels también se encamina al muelle, la cara pálida y fatigada, sombreada por el ala del chambergo. Tropieza con el inglés y le pregunta cuánto hace que lo espera. El inglés le dice que acaba de llegar y se dirigen a la lancha. Tobe, el perro de caza de Edels, le ladra con furia. Edels le grita,
¡Tobe, echate, te digo!
El perro aúlla pero obedece.
No hay caso, usted no le hace gracia, dice Edels.
El inglés lo mira con extrañeza y le pregunta,
¿Qué hace aquí su perro?
Siempre me acompaña, contesta Edels.
Suben a la lancha. Edels deja el rollo de sedal junto al bichero y después toma el timón y abandona el muelle.
Tobe se queda mirando la lancha que se dirige hacia las aguas profundas, rotas por el viento.

Edels pregunta,
¿Cómo ha dormido, mister Broker?
Muy bien, contesta el inglés.
¿Quiere mate?
No.

El sol relumbra como cobre en el río. Hojas rojizas esparcidas en el agua. El inglés ve unos niños mugrientos y descalzos que juegan en la orilla.

La lancha se interna por un lugar oscurecido de surubíes que avanzan agrietando la superficie del agua. Edels vira hacia el sur.

El inglés mira cruzar una isla de camalotes.

Empieza a soplar viento y la embarcación se mueve.

Está todo revuelto, dice el inglés. *¿Me da fuego?*

No fumo. Es hora de buscar pique, dice Edels.

El inglés se apoya en la proa. El pelo rojizo le brilla con la luz de la mañana. Prepara la caña. Ese río le recuerda a otro río extenso y desolado cerca del lugar donde vivió cuando niño. Un río que añora. Después de navegar un rato largo, llegan a un lugar con buena correntada. Edels apaga el motor de la lancha. El cielo está limpio y se escucha el murmullo del agua. Un tero cruza el aire. De pronto al inglés se le nubla la vista, tiene un vahído, baja la cabeza, el mareo pasa.

¿Se siente bien, mister Broker?

Sí.

¿Por qué no toma un coñac?, le propone Edels.

El inglés toma un trago y lo mira como si fuera su padre, y él fuera un niño que hace lo que se le manda hacer.

A prepararse para el golpe, amigo, lo alienta Edels, y se pone a cortar un sábalo en rodajas para la carnada.

Cuénteme algo de usted, mister Broker.

Qué le voy a decir... Hablemos de negocios.

Proponga, contesta Edels.

El inglés empieza a hablar de lo que se puede ganar con el envío de carne vacuna a Inglaterra.

Mucho dinero, más de lo que se imagina, Edels. Habría que montar un frigorífico.

Ya está Pueblo Liebig, dice Edels.

Y qué importa, dice el inglés.

También está Fray Bentos, agrega Edels.

¡Ganaremos más que los dos juntos!, dice el inglés.

Bruno Edels abre los ojos, y pregunta,

¿Y cuánto dinero hay que poner?

Usted ponga la tierra, yo me ocupo del resto, dice, y sigue diciendo que desde que hay orden en el país, tiene los contactos que hacen falta tanto en el gobierno como en la aduana.

Explíqueme mejor cómo sería el negocio, dice Edels.

Faenamos las vacas, acondicionamos la carne y mandamos los cuartos enfriados a Inglaterra.

¿Tan fácil?, pregunta Edels.

Este camino lo conozco al dedillo, dice el inglés.

¿Y usted qué quiere, mister Broker? ¿Que, mientras tanto, yo me cruce de brazos?

Ya le dije lo que tiene que hacer usted.

No quiero correr ningún riesgo, dice Edels.

¡Pero si no hay ningún riesgo!

No para usted, mister Broker, que tiene el respaldo del Banco de Londres y América del Sud.

El inglés aclara,

El respaldo que tengo le asegura el negocio.

¿Firmaría el banco un aval a mi favor?

No hace falta: tiene usted mi palabra.

Necesito una garantía por escrito... Sin garantía no me meto, añade Edels.

Imagine, Edels: llegar a tener la exclusividad en la exportación de carnes de novillo.

Edels piensa y no contesta. El inglés añade,

Hagamos una cosa: si no le interesa el negocio, olvídese de mi propuesta. Usted me vende una franja de El Chajá y quedamos amigos.

Ya le dije que El Chajá no se vende.

El inglés le ofrece lo que El Chajá no vale, pero él vuelve a decir que no vende.

Le doy el doble...

Edels no contesta.

La mirada vidriosa del inglés se clava en sus ojos.

Dígame cuánto quiere...

Edels se quita el chambergo, se rasca la nuca, duda y después dice,

Veamos... si hacemos el negocio de la carne lo hacemos, pero con ciertas condiciones...

¿Condiciones?... Escuche: compartir la ganancia a medias con usted es más que generoso de mi parte. Además, ¿quién cree que va a conseguir los contactos para mandar todo a Inglaterra y las libras esterlinas que hacen falta para montar el frigorífico?

No me hable en libras esterlinas, hábleme en pesos, dice Edels.

Mire que las ganancias van a ser poderosas, dice el inglés.

¿Y los impuestos no se van a llevar la mitad de las ganancias?, pregunta Edels.

No, porque vamos a declarar solamente el veinte por ciento de lo que mandemos.

El inglés sonríe, hace una pausa y dice,

¿Usted se da cuenta de la plata que significa eso?

Edels cavila, la cara ansiosa.

Aquí nadie lo persigue, Edels. Estamos en la Argentina, le recuerda el inglés.

Edels no sabe qué hacer y, por fin, dice,
Déjeme que lo piense, mister Broker...
Tenemos tiempo de sobra...

Mientras el inglés prepara la línea, no deja de pensar en el nudo ferroviario que va a unir el Norte y el Este del país con el puerto de Buenos Aires. Él conoce los planos de las estaciones de tren, de la central eléctrica y la maqueta del barrio ferroviario. Todo va a cruzar entre La Lucera y El Chajá, desde Colón hasta el puerto de Buenos Aires. Edels ignora todo eso. También desconoce la red de carne joven que trafica el inglés: tiene una organización que recluta chicas que trae desde el norte y despacha a los burdeles finos de Buenos Aires.

Se escucha el ruido ronco de una lancha que se interna en aguas profundas.

Edels pone la carnada en el anzuelo y dice,
El freno tiene que estar bien ajustado, mister Broker, y el cañazo debe ser violento. Recuerde que el dorado tiene la boca muy dura.

El inglés apresta su caña para el golpe y cuando lanza la línea, recuerda: *Padre y Mississippi... El puente de hierro sobre el río... la granja... Bruma, nubes... Los pinos. La casa a la orilla del río. Y mamá es una sombra que vaga por la galería. Voces en el salón comedor. Alguien canta Old Black Joe. Después, cuando no queda nadie, ni el negro Kay, papá me dice a mí, al niño que soy, ahí, a orillas del Mississippi, que él me llevará a mi cuarto. Olor a tabaco en el aire. De pronto, papá que me acaricia y me quita la ropa.*

Después la imagen se funde a negro.

¿En qué piensa mister Broker?

El inglés se sobresalta, y dice,
En nada, en nada... Dígame, Edels, las tierras que están detrás de las barrancas, ¿son suyas, no es cierto?

Edels sonríe.

Es una inmensidad, dice el inglés.

No... Yo hubiera querido que mis tierras llegasen hasta Pago Largo, donde Urquiza despellejó a Berón de Astrada. ¿Ha escuchado algo de esa historia, Broker?

El inglés no contesta.

Edels le dice que Urquiza hizo rebenques para sus soldados con el pellejo del caudillo.

¡Oh, God!, musita mister Broker.

Edels le ofrece un cigarro.

Dice,

Prepárese para la pelea con el pez mayor que tenemos en este río.

Y vuelve a tirar la línea.

El inglés lo sigue.

Cuando haga la corrida, repita el golpe, o el pez en el salto le va a desprender el cebo, le aconseja Edels.

Esperan un rato largo. No hablan. Edels le sirve un mate. El inglés dice que el mate no le gusta.

Hay té, mister Broker.

El inglés acepta y se sirve una taza.

Qué joda, se levantó viento, dice Edels.

¿Y qué? Recuerde que a río revuelto...

Sí, aunque el viento puede dejarnos a la deriva.

Edels se da cuenta de que algo se ha prendido al anzuelo.

¡Lo tengo!, grita.

Recoge la línea y ve que es un surubí.

Dice,

Es demasiado pequeño.

Y lo devuelve al río.

Al rato, Edels captura un dorado.

¡Es enorme y se prendió bien!, grita Edels.

El dorado se debate unos minutos dando zambullidas

en el agua. Cabrillea, se estremece y, poco a poco, se queda quieto.

Ahora le toca a usted sacar uno de buen porte, le dice Edels.

Un par de horas más al acecho: las caras de los hombres están serenas. Mientras, hablan de mujeres. El inglés le confiesa que Madame Ricard le quita el sueño.

¿Le gusta?, pregunta Edels.

El inglés dice que sí. Piensa en esa mujer, en la habilidad que tiene cuando legaliza a las muchachas que declara: van a ser empleadas como domésticas al servicio de las mejores familias de Buenos Aires. Madame Ricard consigue los contratos; y sabe cómo moverse cuando un familiar averigua el paradero de una de las jovencitas.

La conversación se interrumpe. La caña del inglés se tensa, y el inglés tira con todas sus fuerzas, y un poderoso dorado sale del agua prendido al anzuelo. El inglés no puede contenerse y grita,

I feel the... I feel...!

¿Qué dice?, pregunta Edels.

Nada... nada, contesta el inglés.

El pez es de mayor porte que el que pescó Edels.

El inglés no puede quitar los ojos del pescado.

¡Es la mejor pieza que he visto en mi vida!

Edels apenas sonríe.

Esto merece un brindis, dice el inglés.

Brindemos, dice Edels.

IV

Mi padre

Mi padre tenía catorce años cuando Bruno Edels le mandó plantar esas hileras de eucaliptos. Desde las barrancas del río, a lo largo, hasta donde El Chajá se extinguía en el monte.

Él dijo que era duro eso de andar con un machete, sacando malezas del monte, que era duro plantar y plantar árboles para que otros se ocuparan de talar lo que había plantado. Aunque él también podía acabar de un hachazo con uno de ellos.

Mi padre hizo siempre lo que el patrón esperaba de él; se quedó más de veinte años allí, en La Lucera. Fue ascendido a capataz en la época en que la madera del peteribí empezó a darle más dinero al patrón. Se acordaba de los hombres que pasaban el día en el monte, hachando, y de los que recogían los troncos recién talados, avanzada la noche. Después, dijo que otros hombres se ocupaban de amarrar los troncos con lianas o sogas de esparto y de lanzar la jangada al Uruguay para que la llevase la corriente.

Cuando los balseros se iban, en esa orilla lisa y continua como el río, quedaban las cortezas y un largo silencio.

Después, algunos de esos hombres volvían trayendo cosas robadas desde la frontera con Paraguay; las escondían en el monte y luego las mandaban por el Uruguay hasta el Río de la Plata. Mi padre me había prohibido entrar sola al monte. Decía que era peligroso para una niña.

Una noche, Eli y yo vimos a esos hombres.

Estábamos en las barrancas cuando escuchamos gruñidos extraños que venían de la orilla barrosa. Eli me miró asustado y yo lo miré; algo se movía allí. Creímos que eran gatos monteses que husmeaban en la arena. Nos quedamos inmóviles esperando que algo ocurriera. Los ojos clavados en la oscuridad. En el aire había un fuerte olor a almizcle. Yo quería decirle a Eli que nos fuéramos, pero no le dije nada. Las piernas se nos aflojaron. Los matorrales, altos y tupidos, nos protegían.

Unos diez hombres corpulentos avanzaban resoplando con lámparas de querosén y movimientos torpes y rápidos. Escuchamos el ruido que hacían las cajas que transportaban al chocar entre sí. Luego, esos desconocidos se hundieron en el monte.

Al día siguiente, volví al lugar, y la tierra estaba pisoteada como si una manada de chanchos salvajes la hubiera removido con sus jetas poderosas. Entonces, recordé lo que mi padre me había advertido: *Si te encontrás con uno de esos tipos, no tenés que dirigirle la palabra.* Mi padre no me dijo que su miedo era que pudieran violarme. Y hay cosas que una niña no pregunta a su padre. Tampoco hablamos de mi madre, desde que nos abandonó. Yo tenía entonces ocho años, y me acuerdo.

Una mañana, alguien dijo que ella se había ido con uno de esos balseros que traficaban cosas por el Uruguay. En la estancia también dijeron que se había ido con un hombre que mi padre conocía; un tape de Domínguez a quien mi padre había enseñado a alambrar; alguien a quien una vez yo vi de lejos. Creo que mi padre anduvo tras ella, pero no estoy segura de eso. Él dijo que ella nunca volvería. Él dijo que había ido a buscar a tía Luisa a Colón para que se ocupara de mí y también de la cocina. Recuerdo que mi padre se deshizo de su ropa: yo tenía miedo de que ella estuviera muerta. Muchas veces me pregunté dónde estaría mi madre, si es que vivía. Quizá mi padre sabía más de ella de lo que me dijo. Esperé que hablara. No habló. Sea como fuese, a mi madre se la tragó la tierra.

V
Recuerdo

Recuerdo el día que empecé a odiar a Bruno Edels.

Vuelvo a oír sus botas embarradas resonando sobre las baldosas, y sus gritos, *¡Adónde, carajo, se metió tu madre!*

Y Eli se quedaba callado, y Bruno Edels, la cara pálida de furia, agarraba a Eli de una oreja, y volvía a exigirle que dijera dónde estaba ella.

Bruno Edels lo hizo arrodillar y empezó a castigarlo con el rebenque y le gritó, *la puta que te parió*, casi sin resuello. Y escuché el silbido del rebenque sobre el cuerpo de Eli.

A ese viejo, no le importaba que yo estuviera allí. A ese viejo, no le importaba nada.

Fue a partir de ese momento que no pude quitármelo de la cabeza. Después de que Edels se marchó con un portazo, fui con Eli al río. Se sentó en la arena, las piernas dobladas, el mentón en las rodillas, quieto. Yo me senté a su lado. Quise decirle algo, pero no se me ocurrió qué.

Voy a matarlo, me dijo.

En el fondo yo pensaba que era eso lo que él tenía que hacer con su padre, pero le dije que no podía hablar así, que ésas son cosas que se dicen...

Yo estoy de tu parte, le dije.
No supe qué más decirle.
¿Quién te gusta, Mora?
Ahora no te lo voy a decir, le dije.
No estoy segura de cuánto tiempo pasó; cuánto tiempo estuvimos allí, callados, junto al río. Sólo sé que yo me acordé de algo que escuché decir: que el inglés era amante de Elsa Kessler.

La lluvia caía, fugaz. Mi padre todavía no había llegado. Permanecí un rato largo en la ventana, mirando la tarde, la siesta somnolienta, sin saber qué hacer. Durante un rato esperé.

Dejó de llover. Un enjambre de mariposas salió volando de los árboles. La sirena del frigorífico me distrajo. Escuché el ladrido de Tobe y después, el ruido de un motor, y vi a Elsa Kessler bajar del jeep del inglés. Ella tenía puesta una camisa verde, el pelo más rubio que otras veces. La saludé con la mano y ella me devolvió el saludo y entró a su casa.

Yo quería bañarme en el río y caminé entre los eucaliptos, hasta la barranca.

Esa tarde, el Uruguay era de un color rojizo intenso. Bajé por el sendero hasta la orilla. El río fluía con oscuros remolinos. Pensé en zambullirme y nadar cuando aparecieron unas manchas de sangre en el agua, y pedazos de carne que flotaban. Retrocedí. Y vi al inglés que me miraba. Encendió un cigarro, echó una bocanada de humo y me preguntó qué hacía allí. Le dije que quería bañarme, pero que el agua venía sucia y muy turbulenta. Dijo que, cuando era chico, había vivido muchos años cerca de un río parecido al Uruguay que se llamaba Mississippi, y que era tan interminable y revuelto como éste.

El cigarro le temblaba entre los dedos largos y afilados. Los ojos le brillaban, y la boca se le curvó como hacia abajo. Decidí volver a casa.

En el camino pensé en esa carne que pasó flotando, y entonces, recordé la inauguración del frigorífico. Yo no lo conocía por dentro. Mi padre dijo que estaba equipado con las máquinas que había traído mister Broker de Gran Bretaña.

La fiesta se hizo en La Lucera, en el galpón que estaba cerca de las vías nuevas del tren. Eli no estaba allí. Yo tuve que ayudar a tía Luisa; no salí en toda la tarde de esa cocina.

El inglés y Edels se pasaron el día dando órdenes. El personal de la estancia atendía a los invitados que llegaban de Buenos Aires y de otros lugares: señores distinguidos, militares con sus uniformes de gala, y con ellos, sus mujeres. Ellas bajaban de los autos vestidas con blusas de lino, collares largos, pulseras y zapatos caros. Algunas tenían sombreros con velo, y dejaban huellas de lápiz de labios en los vasos.

Nunca vi tantas personas juntas como esa noche. Tía Luisa y yo nos quedamos contemplando a esa gente distinta que hablaba y reía y parecía alegre.

El frigorífico estaba iluminado. La sirena sonó un rato largo. El cura cortó la cinta y todos aplaudieron. Los invitados se sentaron. Risas. Olía sus perfumes... Bruno Edels agradeció la presencia de todos. El inglés pronunció un discurso. Hubo aplausos. Comieron y bebieron. Fuentes de ensaladas. Achuras. Trozos de carne. Vaciaron las copas de vino. Las mujeres reían. Los hombres, se desabrochaban el botón del cuello de la camisa.

La orquesta empezó a tocar valses, mientras el inglés y Bruno Edels se paseaban entre los invitados. Edels, con su paso de pato, vacilante: fue la única vez que lo vi con traje.

Elsa Kessler estaba hermosa. Todos la halagaban y ella parecía satisfecha. Paseaba con su pollera ceñida al cuerpo.

En un momento se la vio ocupada con un caballero que, dijeron, acababa de llegar de Londres. Yo vi cuando Edels se lo presentó.

Sir Alfred Armington, a sus órdenes, señora, dijo ese hombre de modales finos, sonriendo, apenas.

Ella le tendió la mano.

Dígame Elsa, dijo mientras se llevaba un vaso de vino blanco a la boca.

Ese caballero le clavó la mirada en los pechos.

Estuvieron, ella y él, juntos, hablando un rato largo. Después, escuché a Elsa Kessler que lo presentaba a sus invitados como *mi amigo, Alfred, un gran polista.* Hasta que una mujer se acercó y dijo,

¿Puedes venir, Alfred?

Voy, dijo él, con aire incómodo.

Elsa Kessler echó la cabeza hacia atrás y se dirigió hacia donde mister Broker hablaba con otro invitado. Hablaban de un libro.

¿De qué hablan?, preguntó Elsa Kessler.

De Milton, señora, dijo el hombre.

Ella se quedó callada.

Yo estaba poniendo unos platos sobre la mesa cuando el inglés me llamó,

Mora, vení.

Me acerqué con timidez a esos hombres de chaleco de seda que fumaban cigarros y bebían whisky.

El inglés dijo,

Traé más hielo.

Ellos me miraron de arriba abajo. Sentí que me desnudaban con la mirada: me dio vergüenza.

Niña, andá hasta el jeep, vas a ver un cuaderno azul. Traelo, dijo el inglés.

Fui hasta el jeep.

Cuando tuve el cuaderno en mis manos leí,

Envío del 1º de abril de 1931
La Lucera-Liverpool
Vapor Lord Carnavon
Horario de salida: 9 hs.

Cuartos enfriados, corned beef y latería:
Sangre seca de vaca, molida para fertilizante, chicharrones, grasa refinada, cebos, sesos, jugo de hígado, cueros, cerdas, astas, pezuñas, pelos de oreja, huesos, glándulas, páncreas, ovarios, testículos, hiel concentrada, riñones, mollejas, hígados. Costillares descarnados y otros huesos cocinados en digestores, vejigas y tráqueas secadas y saladas en cascos de roble. Caldo de huesos concentrado. Menudencias comunes.

Para consumo en el país quedan: tripas y lenguas.

Envío del 1º de abril de 1931
La Lucera-Río de Janeiro-Recife
Chalana El Palmar
Horario de salida: 17 horas
Tasajo.

Cerré el cuaderno y volví a la fiesta.

Vi que el inglés seguía hablando con esos hombres de chaleco de seda, y escuché que brindaron por el Presidente y por la esposa del Presidente.

Cuando me acerqué y le di el cuaderno, escuché a Elsa Kessler que me estaba llamando.

Mora, traé otra jarra con clericó, y yo obedecí.

Clareaba cuando se fueron los últimos invitados.

VI

Mi padre y yo

Mi padre y yo avanzábamos con los caballos, despacio, por donde el barro estaba más firme, sin apartar los ojos de la huella. El camino a Colón corría paralelo al río. Al cruzar el puente vi la lancha de Bruno Edels amarrada al muelle, y pensé en ese viejo, y le deseé lo peor.

Mi padre me dijo que acompañaría al inglés a buscar el yate que había comprado en Buenos Aires. Dijo también, *cuánto tiempo más voy a seguir trabajando para los Edels, y qué me va a quedar de todo esto.* Recordó que el inglés le había propuesto que se fuera a trabajar con él, que a su lado podía ganar dinero: era su oportunidad.

Desde el día en que mi madre se fue con otro, yo creí que nunca nos moveríamos de La Lucera, pero no fue así.

Mi padre dijo,

Ahora, mi niña, quiero una vida mejor para usted.

Le sonreí y me pregunté cómo haría mi padre para darme una vida mejor. Era evidente que sabía de lo que hablaba cuando me dijo eso.

Anduvimos un rato, en silencio, a lo largo del muro del cementerio.

Mi padre me preguntó,

¿En qué piensa mi niña?
No pienso...
Dijo,
¡Ah!, mi niña guarda un secreto.
Sonreí.
¿Qué le gustaría ser cuando sea grande?
Maestra, padre, dije.

Dejamos el puente y a lo lejos, vimos las luces de la ciudad, que relampagueaban junto al río.

Al llegar a Colón, nos encaminamos al parque.

La entrada estaba iluminada con pequeños focos rojos y amarillos que se encendían y se apagaban.

¿Cuántas luces, eh, Mora?, dijo mi padre. Y se quedó parpadeando bajo los brillos afilados de las lámparas, el sombrero en la mano.

Yo miraba con sorpresa hacia todos lados, y vi a unas muchachas que cruzaban el aire en las sillas voladoras, y me quedé escuchando los gritos y las risas que se mezclaban con la voz ronca de un hombre que cantaba, *Titina, oh, Titina...* Después, caminamos hasta un quiosco donde una mujer nos dio unas argollas de colores a cambio de un boleto. Yo traté de embocarlas en el gollete de las botellas. Le erré. Seguimos caminando sin hablar, entre la gente que deambulaba por allí.

¡Diez centavos para la vuelta al mundo!, gritó un muchacho, que estaba parado en una tarima.

Mi padre me compró un billete y yo subí.

No podía creer que la rueda se moviera de ese modo.

Todos nos echamos hacia atrás, de cara al viento, hasta que la rueda se detuvo.

De nuevo en tierra, esperé. Mi padre me había dicho que, cuando bajara, no me moviera de allí, que volvería a buscarme.

Miré al hombre que accionaba la rueda con una palanca y hablaba con un muchacho que tenía la cara grasienta. Al verme guiñó el ojo al otro. *¿Querés subir, nena?*, dijo. *Por una mamada te llevo.*

Los dos se rieron.

Corrí, temblorosa, y busqué a mi padre. Al verlo, el alma me volvió al cuerpo.

Dijo,

¿Qué te pasa que estás colorada?

Nada, contesté.

¿Qué le gustaría hacer ahora a mi niña?

Volver a casa. Y lo tomé de la mano.

Antes, una limonada, dijo él.

Vaciamos los vasos de limonada, y buscamos los caballos, y nos fuimos por el camino que se alargaba y se alargaba.

VII

Había llovido

Había llovido. Ahora el sol inundaba el campo. Era otoño y aún hacía calor.

Bruno Edels le dijo a mi padre que el lugar que había elegido para cazar gallaretas quedaba a unas cuantas leguas de El Chajá.

Herb, el labrador de mister Broker, se adelantó y subió a la camioneta antes que nosotros. Después subimos el inglés, el patrón, mi padre, Eli y yo.

Aunque a mi padre no le hacía gracia que yo fuera con ellos, me dejó ir porque también a Eli lo dejaron.

La camioneta arrancó. Tobe y los otros perros de la estancia nos siguieron un trecho hasta que los perdimos de vista.

Había barro por todos lados y el camino estaba resbaladizo. Vimos el tren que iba a Ibicuy cruzando el puente de hierro y nos internamos por un camino angosto. Anduvimos un rato largo y cuando llegamos a un estero donde los juncos estaban altos, el patrón detuvo la camioneta, y dijo que ése era un buen lugar para cazar gallaretas.

Bajamos. Herb empezó a olfatear el terreno. Mister Broker lo siguió. Yo le pregunté a Eli,

¿Por qué mister Broker tiene un rifle y no una escopeta?
Qué sé yo, dijo él.

Bruno Edels y mister Broker hablaban de las municiones que tenían que usar cuando el viento soplaba, leve, como en ese momento. Eli y yo nos calzamos las botas de goma y la cantimplora al cuello. Caminamos por un pajonal. El campo estaba anegado y desierto. Miré a mi alrededor, pero no vi nada que hiciera pensar que ése era un buen lugar para matar gallaretas.

Al final de la llanura contemplé una fila de árboles desnudos; parecían hombres que rengueaban subiendo la barranca. Saltamos la alambrada de púas y seguimos avanzando, con dificultad, por el barro.

Mientras el inglés, el patrón y mi padre montaban las balas en el cargador de sus armas, Eli y yo clavamos las estacas con los cebos. Después, nos escondimos entre los juncos más altos y esperamos, pacientes, un rato largo. Al fin, apareció una bandada de gallaretas que detuvieron su vuelo cerca de las estacas donde habíamos puesto los cebos. Recuerdo que me quedé sin aliento cuando vi las gallaretas, con las alas desplegadas y el cuello estirado, acercándose a los señuelos. El inglés, Bruno Edels y mi padre apuntaron y dispararon. Algunas gallaretas cayeron en medio de la laguna. El inglés soltó a Herb y le gritó que corriera. El perro corrió. Después trajo, una tras otra, las presas.

El inglés miró esa cosa informe, sanguinolenta, con plumas que se movían con el viento, y preguntó al patrón,

Y usted, ¿cómo prepara esos bichos?

Edels dijo,

Después de limpiarlos, los macero con miel y vino blanco y los pongo a asar.

Siempre a *fuego lento, mister Broker,* agregó mi padre.

El olor a plumas mojadas impregnaba el aire.

Ellos siguieron cazando hasta que el sol empezó a declinar.

Decidimos volver, pero no pudimos; estábamos empantanados. Empujamos la camioneta: las ruedas giraban y se hundían en el barro cada vez más. Mi padre dijo que iría a buscar ayuda, y se fue.

A lo lejos, se veía un grupo de ciervos axis y el resplandor del cielo velado con nubes de color rojo y violeta. Sobre la laguna una luz fosforescente.

Ahí puede haber un entierro, murmuró Edels.

¿Qué?, preguntó el inglés.

Dicen que donde hay una luz mala, hay enterrada una bota con plata.

El inglés rió.

¿No me cree, Broker?

Creí que hablaba en broma.

Lo digo en serio. Todavía hay tipos que entierran su fortuna, y mueren, y nadie se entera, dijo Edels.

A ver si encontramos un entierro, dijo el inglés con sorna, y soltó una carcajada.

No se burle, Broker. El otro día, encontraron una bota llena de plata en la laguna Ledesma, a una pala de hondo.

Nunca se sabe lo que un hombre tiene en la cabeza, dijo el inglés.

Edels no dijo nada y se paseó impaciente.

Eli y yo nos sentamos en un tronco. Me quedé mirando la luna, y pensé en que Dios estaba allí.

Eli dijo,

¿Mora, es cierto que se va a terminar el mundo?

No sé, dije.

Nos quedamos escuchando el croar de las ranas y los sapos.

Después, Eli dijo a su padre que quería orinar y el viejo lo acompañó. Mister Broker, apoyado en el guardabarros de la camioneta, seguía fumando; el cigarrillo le colgaba de la boca, cuando me dijo,
Te gusta Eli, ¿eh?
No le contesté.
No te importa que te diga esto... ¿No es cierto?...
Traté de pensar en otra cosa.
¿Tenés novio?, me preguntó.
No, señor, le dije. Y miré hacia otro lado.
Se acercó, me puso las manos en el cuello: sus manos no eran ásperas. No sé por qué me acordé del abuelo, cuando yo tenía miedo y él me abrazaba... Después, el inglés se volvió hacia mí y me apuntó con el dedo índice, y como si estuviera haciendo un dibujo en mi cuerpo, me recorrió de arriba abajo, toda, despacio, hasta que su dedo se detuvo en el ombligo. Clavó allí sus ojos; lo volví a mirar a la cara: tenía la boca torcida.
Volvimos, dijo Eli en ese momento.
Quiero ir a mi casa, dije.
También Eli dijo que le gustaría volver.
Los niños se impacientan rápido. ¿Eh, Bruno?, dijo el inglés.
Sí, dijo Edels.
Yo también me estoy impacientando, añadió el inglés y llamó a su perro, y desaparecieron por el camino.
Al rato, escuchamos el motor de un auto que se acercaba. Reconocí el jeep de la estancia, y al ver a mi padre me alegré.
Mi padre enganchó la camioneta al jeep. Esperamos un rato largo: el inglés no volvía y estábamos fatigados.
Bruno Edels gritó,
¿Dónde carajo se metió Broker?
Mi padre dijo que era mejor que fuésemos a buscarlo.

En plena oscuridad, era agotador caminar entre los juncos y el barro. Cruzamos el campo y avanzamos en la dirección por la que él se había marchado.

Escuchábamos el chapoteo de nuestras botas en el agua.

Al rato de andar, lo encontramos, encaramado en un molle, maldiciendo, cercado por jabalíes que gruñían y pegaban sus hocicos al tronco del árbol. Mi padre y Edels dispararon contra los chanchos salvajes, que huyeron a la carrera. El inglés bajó del árbol y dijo con furia que había herido mal a un jabalí, y que Herb había sido muerto a dentelladas por las bestias.

Tómese una caña, Broker, dijo Edels, y le pasó su cantimplora.

El inglés apuró la caña que quedaba en la botella y después, más tranquilo, murmuró,

Cuando estuve en la Marina fue más peligroso...
¿Dónde?
En África.
¿Qué hacía allí?
Tenía que tirar a ciegas, todo el tiempo, contra esas bestias, en medio de la jungla: yo era muy joven.

El inglés hizo una pausa.

Pero ahora, vamos.

Miré su pelo rojizo, sus cejas espesas, y por un momento creí que estaba mirando una de las cabezas de jabalí que él guardaba como un trofeo.

Al llegar a la camioneta, mister Broker me dijo,

Mora, subí adelante.
No, señor, yo voy con mi papá y con Eli en el jeep, dije.

Dejamos atrás el estero y, luego, tomamos el camino principal. Me apoyé en el brazo de mi padre. Eli se puso a imitar al inglés como si tal cosa. Yo hubiese querido decirle que se callara, pero no le dije nada. Después me dormí.

Cuando abrí los ojos, sentí el olor dulzón del río y enseguida vi la hilera de eucaliptos, y me di cuenta de que entrábamos en La Lucera.

VIII
Era

Era el Día de la Virgen. Me puse el vestido de organza y salí. Caminé hasta la parada del ómnibus. Mientras esperaba, vi al inglés que detuvo el jeep en la banquina y me preguntó adónde iba. *A misa*, le dije. Me dirigió una sonrisa y se ofreció a llevarme. Yo dudé. Pensé que después de todo el inglés no me disgustaba. Subí.

Dijo riendo,

Es un honor llevar a una niña hermosa.

El inglés me preguntó,

¿Cuántos años dijiste que tenés, Mora?

Voy a cumplir trece, señor.

Había agua estancada en las cunetas. Junto al alambrado, vimos a un hombre que tironeaba del lazo a un caballo.

El inglés clavó los frenos. Tomó la escopeta en sus manos, la apoyó sobre la ventanilla baja del jeep y apuntó.

¡Dejá ese caballo, o te meto un tiro!, le gritó.

El hombre pareció hacer tiempo. El inglés volvió a gritarle que se apurase, que dejara ese caballo que no era suyo o le metía una bala en el cuerpo.

El hombre dejó al animal, subió a la camioneta y salió a toda marcha. El inglés guardó la escopeta. La niña le vio la espalda de la camisa mojada. Respiraba fatigado. El sudor resbalaba por su cara y despedía un olor como azucarado y alcohólico.
¿Se siente bien, señor?, le pregunté.
¿Qué decís, Mora?
Le pregunté, señor, si se siente bien.
Ah, sí...
El enojo se le fue disipando. Se me acercó.
No te asustes, niña, tenés una langosta en el pelo.
El aire era denso.

Arrancó el jeep y salimos de nuevo al camino. Se puso un cigarro en la boca y recordó cuando su padre le había regalado un potrillo.
El inglés sonreía: era simpático cuando sonreía.
Dijo,
Tengo un libro con ilustraciones de caballos. ¿Te gustaría verlo?
Sí, señor.
Bueno, pronto te lo voy a mostrar.
Del espejo retrovisor pendía un colmillo de jabalí que se movía con los baches del camino. El inglés lo descolgó y mientras me lo ponía en el cuello, me dijo,
Trae suerte, Mora.
De pronto, puso su mano sobre la mía.
¿Tenés frío?
No, señor.

Sentí el calor de su mano, pero yo estaba helada.

Cruzamos la costanera, el puente sobre el río, y llegamos a la plaza. Abrí la puerta del jeep para bajarme y él me retuvo: su mano se deslizó entre mis piernas, y yo cerré los ojos.

IX

Junto al muelle

La niña cabalga hacia el este, hasta que llega al río, y se detiene junto al muelle: el Uruguay se desliza como una mancha marrón oscuro. Ella desmonta.

Camina entre los bancos de arena hasta el muelle. Cruza la pasarela. El inglés la está esperando en la cubierta. Mora se acerca y él dice que está contento de verla. La niña entra a la cabina, y el inglés cierra la puerta y pone el pasador.

Ella mira las cosas que hay a su alrededor: un libro de bitácora, un compás, un cuadro con nudos marinos: quiere preguntar qué es cada cosa, pero tiene miedo de molestar. Casi no se atreve a caminar por el yate; el suelo cruje cada vez que ella pisa.

El inglés se acerca. Huele a whisky.

Dice,

¿Y Jordán?

A la niña le parece raro que le haga esa pregunta.

Se fue a Corrientes, a tropear vacas, dice.

El inglés le toca la trenza, le acaricia el cuello y le dice bajito,

Hace mucho que no lo veo...

Mora se queda inmóvil. No entiende por qué el inglés pregunta por su padre, si él lo mandó por la tropilla a Pago Largo. El corazón le late con fuerza. El inglés se aparta.

¿Alguien sabe que estás aquí, niña?, dice.

No, señor, yo hice como usted dijo...

¿Sí?

Seguro, señor.

Silencio.

En los últimos días, ella no ha hecho más que pensar en él.

El inglés le dice,

¿Qué te parece mi barco?

Me gusta muchísimo.

El inglés mira por el ojo de buey y enseguida la invita a sentarse.

Dice,

Voy a buscar el libro de los caballos.

Mora lo sigue con los ojos. Él se detiene en la barra y ella ve que prende un cigarro, y pregunta por el olor del cigarro. El inglés se sirve un trago de whisky.

Mora contempla una caja de hojalata que tiene la bandera de Inglaterra y una locomotora pintada en la tapa.

El inglés le dice,

Es tuya.

Ella lee,

Nº 5593 "Kolhapur". Made in England.

Después, el inglés vuelve con el libro de los caballos, se sienta junto a ella y empieza a hojearlo. La niña mira las ilustraciones, y pregunta de quién es la foto que hay en la solapa del libro. Él dice que es su padre. Gotas de sudor caen de la frente del inglés. Mora piensa que son las burbujas del whisky que le brotan de la piel.

¿Caballito Blanco, niña?
No gusto, señor.
Él insiste en que tome un trago; ella vuelve a decirle con la cabeza que no quiere, y entonces él le abre la boca, y le empina el vaso.

Le dice,
Tragá, chinita, aprendé a tragar...
Mora se ahoga y tose.

Él saca el pañuelo y le seca las lágrimas que le resbalan por la cara. Entonces la niña empieza a reírse. Él también ríe y le rodea la cintura con los brazos.

Murmura,
Mora, moramor, amor, am... ah...
Los dedos de su mano se deslizan por dentro de la blusa de la niña, y ella se estremece y se aparta.

¡Eh, niña!... ¡No seas chúcara!: ¿adónde vas?
Ella baja la cabeza. Le arde la cara.
Tenés pecas en la nariz...
El inglés entrelaza las manos a las de ella y dice que está contento de tenerla. Mora levanta despacio la cabeza y sonríe.

Él la besa largamente, y luego empieza a quitarle la blusa y dice que nada malo va a ocurrirle.

El inglés la lleva hasta el camarote y la acuesta.
Murmura,
No tengas miedo, chinita...

X
Con nadie

El verano se acerca.

La lluvia cae durante días y días.

Pasaron cinco meses desde la tarde en que ella estuvo en el yate con el inglés. Después se vieron muchas veces.

Un domingo, Mora llega tarde al encuentro. Está pálida. No lo mira.

El inglés le dice,

¿Por qué la demora, chinita?

Ella levanta la cabeza y no contesta.

No querés decir por qué ¿eh? Con quién más te revolcás, decime, chinita, le grita.

Con nadie.

Decí que sí. Decí con quién más cogés.

Los ojos de él son desafiantes, Mora mira con aire impotente a ese hombre enfurecido que grita,

¡Mirá si te voy a creer, putita!

Ella no tiene miedo. Lo ve viejo en ese breve gesto de alzar la cabeza. Más viejo, la frente, la boca, los ojos... Hay algo de previsible en él.

Aquí son todas putas, dice el inglés.

Y le grita que no se aparezca más por allí, que no quiere verla más. Ella vuelve a mirarlo y le ve la boca torcida, y se acuerda de la tarde en que lo vio por primera vez, y de los pedazos de carne que arrastraba el río.

Tía Luisa está en la cocina picando cebolla. La niña quiere hablar, contar lo que le ocurre, pero tiene miedo de la reacción de la tía, y termina preguntándole si quiere que la ayude. La tía le dice que ordene los platos. De pronto, todo es turbio, todo es negro, y Mora cae al suelo, desvanecida.

Mora abre los ojos. Tía Luisa está arrodillada a su lado, abanicándola. Le ha desprendido el vestido y aflojado la faja con la que la niña se ciñe el vientre abultado. La tía muestra una expresión sombría, impaciente.
¿Te ayudo?
Puedo sola.
La niña se levanta despacio, se ajusta la faja, se prende el vestido.
Tía Luisa le dice,
¿Por qué estás fajada?
Mora no contesta y baja la cabeza.
¿Por qué, Mora?
Por nada, tía.

¡Ay, gurisa! ¿Creés que no me doy cuenta?...
La niña empieza a llorar.
Contame. Decime cómo pasó, quién fue el hijo de puta... ¿Por qué no dijiste nada?
Mora, entre sollozos, le dice que fue Edels, el patrón, que la agarró.
¿Él fue?
La niña asiente.
Judío de mierda... Ahora entiendo por qué me decías que ese viejo era un hijo de puta...
Mora se seca las lágrimas con el puño del vestido y le dice que tuvo miedo, que el viejo le prohibió que abriera la boca.
Por favor, tía, no le digas nada a mi padre.
Ah, no, Mora. No podemos esconderle una cosa así.
Tengo mucho miedo, tía. ¿Qué va a pasar cuando él se entere?
Despreocupate. Dejalo por mi cuenta. Ahora, andá, cambiate y volvé. Mientras, yo termino con la cebolla.

XI
Después

Días después, Bruno Edels recibe a unos señores del ferrocarril en La Lucera. Al terminar el almuerzo, el viejo y Eli llevan a sus invitados a recorrer la estancia.

Mora está pelando naranjas. Tía Luisa mira la hora y le dice, *Llevá el té a la sala.*

La niña obedece.

Antes de golpear la puerta, apoya en una mesita la bandeja de plata, y escucha a Elsa Kessler que habla con el inglés.

Es mucho lo que vas a darle a Jordán.

¡Por Dios, mujer, no echés todo a perder por unos pocos pesos! Ya está acordado, dice el inglés.

¿Y si Jordán se arrepiente?, dice Elsa Kessler.

No se va a arrepentir. Nunca ha visto tanta plata junta en su vida.

Pero si...

Basta de peros, Elsa. Al viejo lo presionamos, y por las buenas no aflojó. Hay que sacárselo de encima. Jordán es la persona indicada y no jodás que ya está todo armado.

Silencio. Mora golpea.

Elsa Kessler dice que pase. La niña entra.

El inglés está sentado, con las piernas cruzadas. La niña no lo mira.

¿Qué esperás?... ¡Serví!, le ordena Elsa Kessler.
Mora sirve el té. El té humea en la taza.
El inglés le dice,
Azúcar, niña, dos terrones. Y se mira las manos.
La niña pone los terrones de azúcar y pide a Elsa Kessler permiso para retirarse. Ella la autoriza y dice que el patrón y los invitados van a volver a las nueve, que la cena esté lista a esa hora, y que los invitados se vuelven a Buenos Aires antes de la medianoche.
La niña sale. Le falta el aire. Va hasta la ventana y ve a su padre que se acerca y entra por la puerta del fondo. La niña intenta entender qué hace su padre allí. Si dijo que el inglés lo había mandado a buscar una tropilla a Pago Largo y que recién volvería al día siguiente.
Vuelve hasta la puerta y escucha,
Tal como hablamos, Jordán, la otra mitad se la daremos después de que esto termine, dice el inglés.
No vaya a fallar, Jordán, dice Elsa Kessler.
Pierda cuidado... Esto es como la taba: cara o culo, dice Jordán.
Todo se vuelve lento y nebuloso y desvaído para la niña.
Mora se pregunta. *¿Para qué le pagan a mi padre? ¿Para qué?...*
Camina hacia la cocina.
En la cocina, tía Luisa le dice,
Mañana a la tarde nos vamos a la casa de la abuela. Andá. Prepará todo.
La niña se asoma a la puerta. Camina junto a la barranca.
El río fluye, vidriado por el espeso calor de la tarde.
Mora escucha que alguien canta.
Cosquilleos resbalando, concentrándose, en los rincones secretos de su cuerpo.
Relámpagos. Olor a tierra mojada. Cabrilleos sobre el río.

XII

24 de mayo de 1932

Eli mira perplejo a la niña, la nariz pegada en el vidrio de la ventana de su casa cuando ella cruza con el sulky y tía Luisa, a su lado, la frente alta. Mora se estira con una mano el vestido sobre las rodillas, y con la otra empuña la sombrilla que la cubre del sol de la tarde.

Eli se pregunta adónde va Mora con su tía y ese baúl, y contempla el polvo que el sulky levanta a su paso, y, después, cuando el sulky se pierde en el camino.

Este libro se terminó de imprimir
en noviembre de 2006 en Bibliográfika